Haremsgeschichten

Aus 1001 Nacht

Grünäugige

Sklaven-

Königin

Ab 18 Jahren

Eine erotische Geschichte

Die zukünftige Wikingerkönigin Luna, Tochter des Nordwinds, Kind des Mondes, wird verschleppt und landet im Harem des Königs Hamad. Der Mann ist von Lunas hellen, fast weißen Haaren und ihren grünen Augen fasziniert. Er muss sie besitzen...

© 2021, Master I
Herstellung und Verlag: BoD – Books on Demand, Norderstedt
ISBN: 9783755711780

Prolog

Gelangweilt ging der König von Perosien über den gut besuchten Sklavenmarkt. Gestern waren zwei Schiffsladungen mit neuen Sklaven eingetroffen. Nicht, dass sich König Hamad dafür interessierte. Er hatte mehr als genug Sklaven an seinem Hof. Und auch genug weibliche Sklaven, die ihm im Bett erfreuten. Erst letzte Woche hatte er sich eine dunkelhäutige Schönheit eingeritten. Die junge, rassige Frau war keine Jungfrau mehr gewesen. Etwas, dass Hamad geärgert hatte. Der Händler, der ihm die junge Frau verkauft hatte, hatte ihn betrogen. Jeder hier auf dem Sklavenmarkt wusste, dass Hamad nur Jungfrauen für seinen Harem kaufte. Hamad wollte keine Frauen, die schon von anderen Männern benutzt wurden. In seinem Harem wohnten nur Frauen, die er geöffnet und zugeritten hatte. Er grollte. Die Dunkelhäutige, die er zwei Tagen und Nächte gestoßen und vollgesamt hatte, hatte er danach an seinen bediensteten Minister verschenkt. Sollte der

Mann mit der Frau machen was er wollte. Hamad hatte kein Interesse mehr an ihr. Er hatte genug Samen in sie gepumpt.

Nein, er hatte genug Frauen, jede Nacht konnte er sich eine andere bringen lassen. Frisch gewaschen und gut duftend. Hatte eine ihre unreinen Tage, musste eine andere ihre Löcher herhalten. War eine der Frauen schwanger, wurde sie aussortiert und bis zur Geburt des Kindes weggesperrt. Hamad entschied nach der Geburt, ob er das Kind behielt oder Mutter und Kind verkauft wurden. Oft gab er die Mutter auch die Freiheit, damit sie in ihr Land zurückkehren konnte. Hamad hatte Frauen aus allen Herren Länder. Ihm war egal, wenn sie seine Sprache nicht verstanden. Hauptsache, sie waren jung, schlank und schön. Er hatte Frauen in allen Haarfarben. Aus vielen Ländern der Welt. Spätestens in der ersten Nacht, wenn er sie sich nahm, oft mit etwas Gewalt, verstanden die Frauen, was Hamad von ihnen verlangte und was ab jetzt ihr Schicksal war. Und sie mussten sie ergeben. Sie waren nur Sklaven, die ihre Löcher herhalten mussten.

Ihre drei Löcher, Mund Fotze und Arsch für Hamad bereit halten. Das war ihre Aufgabe. Und das sauber. Die Zähne geputzt, die Fotze gewaschen und blank rasiert, der Arsch entleert. Alte Frauen, ehemalige Sklaven seines Vaters, unterrichteten die jungen Frauen in allem, was Hamad von ihnen erwartete. Sie sorgten dafür, dass die Frauen sich fit hielten und sich bewegten. Mit ihren Stöcken, trieben sie die lustlosen Frauen an, wenn sie sich nicht an das Training hielten. Die alten Frauen sahen sofort, wenn eine von ihnen trächtig war und sortierten sie umgehend aus. Jeden Abend, wenn er nicht gerade eine neue Stute einritt, schritt Hamad durch den langen Gang an Betten in seinem Harem und begutachtete sein „Eigentum". Dann entschied er, welche der Schönen ihm in der kommenden Nacht Gesellschaft leisten sollte. Oder er entschied, welche der Frauen sein „Gefängnis" verlassen durfte. Viele von ihnen waren schon einige Zeit in seinem Harem und wurden kaum noch von ihm gefickt. Dann gab er ihnen den sogenannten „Laufpass". Was sollten diese Frauen noch in seinem Harem und sein Essen, seine Betten beanspruchen. Mit einer kleinen Entschädigung, größer, wenn sie ihm einen Sohn geboren hatten, den er behielt, wurden die Frauen dann entlassen. Auch wenn er damit Mutter und Kind trennte, so störte es Hamad nicht. Er kannte es doch nicht anders. Selbst er, der einzige, ehelich geborene Thronfolger, hatte seine Eltern so gut wie nie gesehen. Er war von Ammen und später ausgewählten Lehrern, erzogen worden. Seine Mutter, eine junge Königstochter aus einem der Nachbarreiche, war von seinem Vater verstoßen worden, nachdem er sie erwischt hatte, wie sie sich vom Großwesir ficken ließ. Der Großwesir wurde öffentlich hingerichtet. Damals war Hamad fünf Jahre alt.

Keine Ahnung, warum ihm ausgerechnet heute diese Erinnerungen quälten, dachte Hamad und sah sich neugierig auf dem Sklavenmarkt um. Er stoppte seinen Schritt und zog die Kapuze, die ihm von neugierigen Blicken abhielt, weiter ins Gesicht. An einem Stand, auf einer improvisierten Bühne, standen zehn sehr junge und wunderschöne Frauen. Alle gertenschlank und mit langen, hellen, fast weißen Haaren. Das weckte Hamads Interesse. Einige der Frauen hatten sich ihrem Schicksal ergeben und brauchten nur Fußfesseln. Sie mussten sich drehen und präsentieren, während sie ihr Besitzer lautstark anpries.

„Das sind alles Schönheiten aus dem Norden! Diese hier ist eine guteingerittene Stute! Sie hat mir auf der Überfahrt das Bett gewärmt. Sie ist devot und gehorsam, meine Herren! Und wenn nicht, dann gibt es da überzeugende Mittel, oder?" schrie der Verkäufer und schlug einer der Frauen auf den Hintern. Die Frauen waren also alle schon benutzt, dachte Hamad und wollte sich abwenden. Doch dann fiel sein Blick auf einen sehr engen, unbequemen Käfig etwas weiter hinten auf der Bühne.

1 Kapitel

Hamad ging neugierig näher zum Käfig. Die junge Frau darin konnte geradeso aufrecht stehen. Der Käfig war nicht hoch. Zum Glück war die Frau nicht so groß. Ihre wundervoll hellen Haare fielen unordentlich bis zu ihren Hüften. Sie war, wie die anderen Frauen hier auf dem Markt, nackt. Ihre vollen, festen Brüste faszinierten Hamad ebenso wie ihr schönes Gesicht und ihr schmaler Körper.

„Wie heißt du" sprach Hamad die Frau an und wunderte sich, dass er eine Frau nach ihrem Namen fragte. Das interessierte ihn doch sonst nie. Die Frau schwieg und starrte ihn hasserfüllt an. Ihre grünen Augen waren voller Verachtung. „Verstehst du mich nicht?" fragte er weiter. Er griff durch die Gitterstäbe, um die prallen Brüste zu fühlen. Die Frau wich, so gut es ging zurück. Doch der Käfig war zu eng. Hamad erwischte die linke Brust und drückte sie schmerzhaft. Er zog die Frau zu sich.

„He, Hände weg von meiner Ware!" brüllte der Verkäufer und kam mit erhobener Peitsche auf Hamad zu. „Das ist eine Prinzessin und sehr wertvoll. Die verkaufe ich nicht so billig." Schrie der dicke Mann verärgert. Er wollte nach Hamad schlagen. Doch sofort waren seine Leibwächter da und hielten den Verkäufer zurück. Hamad lüftete kurz seine Kapuze und sah den dicken Mann ernst an. Sofort erstarrte der Verkäufer und verneigte sich ehrerbietig. „Hoheit" sagte der Mann leise. „Das soll eine Prinzessin sein? Wie kommst du darauf, Kerl." Fragte Hamad. Er griff erneut zu den Brüsten und lachte als die Frau sich wehrte, Sie wollte Hamad kratzen, doch der Verkäufer griff durch die Stäbe und fing ihre Hände ein. „ Ich war dabei als man ihr Reich überfiel, Hoheit. Die Männer ihres Palastes hatten die Frau gut versteckt und für sie gekämpft. Doch wir siegten und ich fand die junge Frau. Gekleidet in den edelsten Gewändern. Nun, die erfreuen jetzt meine Frau und meine Töchter. Hier ist es warm und zum Ficken braucht auch eine Prinzessin kein Kleid." Erklärte der dicke Mann lachend. „Sie ist sehr widerspenstig und lässt sich nicht anfassen. Einen meiner Männer hat sie fast das Gemächt zertreten als er etwas Spaß wollte. Wäre sie keine

Prinzessin und so wertvoll, hätte ich sie auf der Überfahrt über Bord geworfen und den Haien überlassen." Erklärte der dicke Mann weiter. Er war schlau und wusste, der Prinz liebte temperamentvolle, unberührte Frauen. Das war hinlänglich bekannt. Hamad strich über die schmalen Hüften, weiter zu der Scham der Frau. Sie schreckte zurück und kniff die Beine zusammen. Hamad lachte und wandte sich an den Verkäufer. „Sie ist noch Jungfrau? Ich warne dich. Wehe, du belügst mich. Der letzte der das tat, wurde aufgehängt. Ich habe noch keine Sklavin mit grünen Augen. Das Weib interessiert mich. Ich werde sie nehmen. Wenn sie noch nicht benutzt wurde." Sagte Hamad und strich über den kleinen Hintern der fremden Frau.

„Wir haben das kleine Land überfallen, am Tage ihrer Hochzeit, Hoheit. Keiner der vielen Menschen dort war auf einen Überfall vorbereitet. Und die junge Frau wurde von ihrem Zukünftigen noch nicht genommen. Ich habe mich selbst davon überzeugt." Der dicke Händler zeigte Hamad seinen fetten Ringfinger. Er machte eine bekennende Geste und Hamad verstand. Hamad schüttelte sich als er daran dachte, dass der Mann diesen Finger in die Frau geschoben hatte, um zu überprüfen, ob ihr Jungfernhäutchen noch intakt war.

„Und sie ist noch vollkommen unberührt? Ihr habt auch ihre anderen Löcher nicht benutzt? Kein Schwanz in den Arsch oder den Mund? Ich warne euch. Lügt mich nicht an. Ich werde es rausfinden." Sagte Hamad und zog die Frau an den langen Haaren zu sich heran. „Nein Herr. Sie wurde nicht angefasst." Sagte der Verkäufer. Hamad sah den Schweiß auf dessen Stirn und ahnte, dass kam nicht nur von der Sonne.

„Er lügt, der fette Mistkerl" sagte die junge Frau jetzt fast fehlerfrei in Hamads Sprache. Erschrocken ließ Hamads ihre Brust los und sah auf die Frau herunter. Der Händler hob seine Peitsche und schlug gegen den Käfig. „Halte deinen dreckigen Mund, Sklavin. Der König interessiert sich für dich. Das kann dein Glück werden." Knurrte der Händler wütend. Er hatte nicht gewusst, dass die Frau ihn verstand. „Ruhe, lass die Frau reden. Ich bin verärgert, dass du mich betrügen willst." Schnauzte Hamad. Er wandte sich wieder zum Käfig. „Rede" befahl er der Frau finster.

„Alle meine Hofdamen wurden von dem fetten Kerl und dessen widerlichen Männern vergewaltigt, Herr. Hilflos musste ich zusehen. Ich sollte ihre dreckigen Schwänze lutschen oder zulassen, dass sie sie mir in den Hintern bohren. Doch ich wehrte mich, biss und trat um mich. Da ließen sie von mir ab. Das ist die Wahrheit." Erklärte die junge Frau hart. Sie drehte sich und spuckte den Händler an. Wieder hob der Mann seine Peitsche. Doch Hamad griff ein und entriss sie ihm. „Es reicht. Es waren die ersten ehrlichen Worte, die ich hier zu hören bekam. Ich werde die Frau kaufen. Und ich nehme sie gleich mit. Nicht, dass du sie noch totschlägst." Befahl Hamad wütend.

Er öffnete den kleinen Käfig, um der Frau rauszuhelfen. Doch augenblicklich stieß sie ihn beiseite und rannte nackt, wie sie war, über die Bühne. Ihre herrlichen Brüste schwangen dabei.

Sie sprang in den heißen Sand und lief weiter. „Verflucht" schrie Hamad voller Wut. Er sprang hinterher und folgte der flüchtenden Frau. „Auf Befehl des Königs! Haltet das Weib!" schrie er laut. Er sah, wie die Menschen die Köpfe hoben und sich umsahen. Ein Mann griff beherzt zu und brachte die Frau zu Fall. Sie fiel in den heißen Sand Dort bleib sie weinend liegen. Ihre Flucht endete. Wütend kam Hamad zu ihr und riss sie auf. „Hast du Todessehnsucht, Weib? Ich könnte dich hier und jetzt totschlagen für deine Flucht!" schnauzte er die Frau zornig an.

„Macht das, Mann. Alles ist besser als geschändet zu werden. Ich bin eine Prinzessin und verteidige meine Ehre bis in den Tod!" schrie die Frau ihn an. Sie war nackt und schnell bildete sich eine Traube geiler Männer um Hamad und sie. Hamad konnte zusehen, wie die Ständer der Männer wuchsen. Wenn er nicht schnell etwas unternahm, kam es gleich zu einer Massenvergewaltigung, dachte er. Grimmig riss er den Umhang von seinen Schultern und warf ihn über die nackte Frau. Jetzt wichen die Männer zurück. Jeder erkannte jetzt den König. „Diese Sklavin gehört mir! Jeder, der sie anfasst, wird umgebracht!" schrie Hamad. Er warf sich die Frau über die Schulter und stampfte zurück zu seinen Wachen. „Ich kaufe die Frau, Händler. Und das zu einem günstigen Preis. Du hast versucht, mich zu belügen. Sei froh, dass ich dich nicht auspeitschen lasse." Hamad sah sich nach den anderen Frauen auf der Bühne um. „Die nehme ich auch alle. Sie werden Geschenke für meine Minister werden. Bringe sie alle in den Palast. Und wehe, du versuchst erneut mich zu betrügen. Ich habe mir jedes der Gesichter gemerkt. Gnade dir der Allmächtige, wenn ich auch nur eines davon vermisse." Erklärte Hamad streng. Der Händler verbeugte sich voller Angst und stotterte eine Zustimmung.

Hamad ließ eine Wache zurück. Denn er traute dem Mann trotz allem nicht mehr. Wer ihm einmal belog, war unten durch. Seine Hand strich über den Hintern, der hilflos über seiner Schulter hing. Die Frau schrie wütend und strampelte. Er schlug ihr hart auf die Beine. Sie musste lernen, seine Berührungen zu ertragen, dachte er und freute sich darauf, die Frau gut duftend und sauber, in seinem Zimmer zu empfangen. Wieder strich er über die schmale Figur der Frau und lachte   als sie nun nur noch knurrte. Seine Schläge hatten also schon Erfolg.   An seinem Pferd angekommen,   warf er die Frau schwer über den Sattel. Schmerzerfüllt schrie sie auf. Er fesselte ihre Hände und band die langen Beine zusammen. Jetzt war die Frau gut verschnürt. „Das hast du dir selbst zu verdanken, Mädchen. Hättest du nicht versucht zu flüchten, hätte ich dich auf dem Packpferd reiten lassen. Doch jetzt musst du den Staub schlucken. Und meine Hände ertragen." Sagte Hamad grinsend. Wütend schrie die Frau auf, doch Hamads Hände, die sich in ihren Hintern gruben, ließen sie schweigen. Die Frau erstarrte. Hamad schwang sich in den Sattel und rückte vor. Sein hart gewordener Schwanz drückte sich gegen die Frau. Natürlich war er hart und erregt. Das Ganze hier ließ ihn auch nicht kalt. Er musste sich abwichsen, dachte er schwer. Sonst würde er Schmerzen beim Reiten haben.

Hamad wendete das Pferd und ritt los. Seine übrigen Leibwächter folgten ihm in Abstand. Sie kannten ihren Herrn gut und wussten, dass er jetzt seine Ruhe wollte.

„Wie heißt du, Sklavin." Fragte Hamad. Er schlug den Umhang hoch und betrachtete den wundervoll runden Hintern vor sich. Die Frau schwieg verbissen. „Wie du willst." Sagte Hamad und griff der Frau in den Schritt. Er strich durch die fast glatte Spalte und lachte als sie aufstöhnte. Sein Daumen legte sich auf die kleine Perle und rieb sie geduldig. Er wusste, dass mochten alle Frauen. Das erregte sie alle. „Lasst das!" herrschte ihn die Frau an und wackelte gefährlich auf dem Pferd. Fast wäre sie gefallen.

Hamad lachte nur amüsiert. „Du hast mir nichts zu befehlen! Ich bin der König! Ich könnte dich in der Wüste aussetzen und zusehen, wie du hier verhungerst und verdurstet! Sag mir deinen Namen oder ertrage meine Finger!" schnauzte Hamad zurück. „Wenn ich euch den sage, hört ihr doch nicht auf." Schrie die Frau auf. „Du bist ziemlich klug, Sklavin" lachte Hamad. Er hatte seinen Ringfinger tief in ihr Loch geschoben. So tief, dass er ihr Jungfernhäutchen spüren konnte. „Du bist noch unberührt, das ist dein Glück. Wir beiden werden viel Spaß miteinander haben." Keuchte Hamad. Sein Finger blieb in ihrem Loch, sein Daumen umspielte die kleine Perle. Seine Hand streichelte die Frau weiter und erregte sie so sehr, dass sie schreiend nass wurde. Sie erstarrte kurz, erzitterte und ließ sich ermattet auf das Pferd sinken. Die Frau hatte soeben ihren ersten Orgasmus erlebt, dachte Hamad. Sein harter Schwanz drückte gegen den Stoff seines Kaftans. Es wäre für ihn ein Leichtes, die Frau jetzt aufzurichten und sie hier, im Sattel zu lieben. Doch die Frau war noch unberührt. Und Hamad wollte sie in aller Ruhe, in seinem Zimmer ficken. Er hob sein Gewand und rieb sich seinen hochaufgerichteten Schwanz. „Sieh her!" befahl er der Frau. Er riss ihren Kopf zu sich, damit sie zusehen musste, wie er masturbierter. „Sieh mich an. Oder ich werde dich auspeitschen" schnauzte Hamad sie an. Er ließ ihren Kopf los und wichste schnell seinen harten Ständer. „Oh ja, ich werde dich richtig gut ficken, dich stoßen und wund reiten." Stöhnte er heiser. Auf keuchend hielt er das Pferd an, erstarrte kurz und spritzte seinen heißen Saft in das Gesicht der Frau. „Nicht wegsehen!" schrie er sie an und spritzte erneut. Er traf ihre Augen, ihre Stirn und ihren Mund. Die Frau schwieg und drehte sich ab als Hamad das Pferd wieder in Bewegung brachte. Sein Sperma klebte der jungen Frau im Gesucht und trocknete schnell.

„Das war nichts Besonderes, König. Das hat der dicke Händler jeden Tag mit mir gemacht. Ich musste zusehen, wie er meine Freundinnen fickte und vergewaltigte. In den Mund, den Arsch oder das Loch. Doch abgespritzt hat der widerliche Kerl in meinem Gesicht." Sagte die junge Frau finster. Sie spuckte in den Sand und schwieg dann. Und auch Hamad schwieg jetzt. Der Palast kam in Sicht.

2 Kapitel

„Sag mir deinen Namen. Ich will wissen, wie du heißt." Forderte Hamad erneut. Keine Ahnung, warum ihm das so wichtig war, überlegte er grimmig. Das sture Weibsbild ärgerte ihn unglaublich. Er hatte sie in den Räumen seines Harems angeliefert. Das hatte zu großen Aufruhr gesorgt. Zum einem, dass der König seine neuste Ficksklavin hier persönlich ablieferte und dass nicht einer anderen Sklavin überließ. Zum anderen, dass der König sich um die frühe Zeit hier blicken ließ. Die fünfundzwanzig jungen, sehr schönen Frauen stoben auseinander und versuchten, ihre Nacktheit zu bedecken. Viele von ihnen waren gerade schwimmen, andere hatten sich eincremen und massieren lassen.

„Oh, ein unerwarteter Neuzugang, Und so hübsche, helle Haare. Sollen wir sie kürzen, Herr?" fragte eine mollige, ältere Frau beflissentlich. Sie lachte als die junge Frau empört aufschrie. „Nicht kürzen. Nur waschen und flechten. Zwei schöne, dicke Zöpfe. Bindet sie ihr hoch. Damit sie mich beim Geschlechtsverkehr nicht stören. Und ölt sie ein, beide Löcher, gut ölen." Befahl Hamad streng. Er hielt die junge Frau fest als sie sich losreißen wollte. „Sie ist widerspenstig und wird sich wehren. Ihr müsst sie mit drei Frauen reinigen, fürchte ich." Hamad sah sich in seinem Harem um. Schöne Frauen, wo er auch hinsah. Überall Löcher und Ärsche, die darauf warteten, von ihm benutzt zu werden. Sein Schwanz schwoll schon wieder an. Er merkte, wie die Lust in ihm stieg. Und er hatte genug Möglichkeiten, sich auszutoben. Bis diese widerspenstige Schönheit zurecht gemacht wurde. Die würde er sich heute Abend zureiten. Doch jetzt musste erst einmal eine seiner anderen Stuten herhalten. Hamad sah sich um und überlegte, welche seiner Stuten er lange nicht mehr geritten hatte. Bei fünfundzwanzig Frauen, kamen einige oft zu kurz, dachte er grinsend. Auch wenn er manchmal zwei von ihnen gleichzeitig fickte. Er ließ sich gerne verwöhnen. Und von zwei Frauen gleichzeitig, gelutscht und geleckt zu werden, gefiel ihm gut.

„Passt mir gut auf die Frau hier auf. Und schickt mir Jasmin und Cora ins Zimmer. Ich warte dort. Und ich bin sehr ungeduldig." Sagte Hamad dunkel. Die Vorfreude auf den schlanken, sehr hellen, blassen Frauenkörper am Abend machte ihn geil. Die Frau stach unter den anderen, dunkel bis schwarzhäutige Frauen ab, dachte er zufrieden.

Die ältere Frau nickte und zerrte die neue Sklavin weiter. Sie übergab sie einer anderen Frau. „Sie spricht unsere Sprache fast fehlerfrei. Passt also auf, was ihr sagt. Und ihr könnt ihr erklären, was meine Vorlieben sind. Wie es liebe zu ficken. Sie ist noch Jungfrau, weiß aber über den Geschlechtsakt Bescheid." Erklärte Hamad der Frau weiter. Sie nickte nur. „Sie kommt von weit her, oder? Solch eine Erscheinung sah ich noch nie. Ihre grünen Augen machen mir Angst." Flüsterte die alte Frau etwas mulmig.

„Sie ist eine Sklavin, wie viele andere auch. Ihr Land wurde überfallen und sie geriet in Gefangenschaft. So ist das, wenn die Männer ihres Stammes nicht stark genug sind, ihre Frauen zu verteidigen." Erklärte Hamad und wandte sich ab. Er wollte sich noch reinigen, bevor ihm seine zwei Frauen besuchten. Er freute sich schon auf Jasmins Leckkünste. Ihre lange Zunge wand sich geschickt um sein dickes Rohr. Und Coras Hintern dehnte sich gehorsam, kaum dass er dort ansetzte. Das hatte die Frau gut gelernt. Er erinnerte sich an das erste Mal. Damals hatte Cora, unwissend und unerfahren, geschrien und geweint, während er sich in ihren Darm schob. Sie hatte sich verkrampft und wollte zukneifen. Jetzt störte es die Frau nicht mehr. Jetzt war ihr Poloch gut eingeritten.

Hamad ging einen Schritt schneller. Sein Schwanz zuckte gefährlich. Er musste sich ablenken, damit er nicht schon vorher seinen Samen verschoss. Hoffentlich kamen die beiden Sklavinnen bald.

Hamad döste etwas im Bett. Jasmin und Cora waren wieder fort. Wie immer, wenn er fertig war und keine Lust mehr hatte. Dann mussten die Frauen zurück in den Harem. Keine durfte bleiben. Nicht, dass sie sich etwas einbildeten. Das Leben des Königs war für sie tabu. Sie waren nur zum Ficken hier. Sie gehörten nach Gebrauch in den Harem. Wie sein Pferd nach dem Ritt in den Stall.

Er hatte beide Frauen hart rangenommen.. Nun, beide Frauen konnten es vertragen. Hamad hatte sie schon zu lange nicht mehr gefickt. Das konnte passieren, wenn man fünfundzwanzig Frauen, das waren fünfundsiebzig Löcher, sein Eigen nannte. Heute Mittag hatte er sechs davon gefüllt, dachte er grinsend. Er spielte gedankenverloren mit seinem Schwanz, der nun erschlafft zwischen seinen Beinen hing.

Hamad genoss es, der König hier zu sein. Das verschaffte ihm ein angenehmes Leben. Er dachte an seine vielen Halbgeschwister. Gezeugt von seinem Vater, der seine vielen Sklavinnen fickte. Oft hart und brutal, wie Hamad in jungen Jahren oft heimlich beobachten konnte. Versteckt hinter einer Wand, sich dabei selbst befriedigend.

Sein Vater hatte Hamads Schwestern an die Nachbarreiche verschenkt, kaum dass sie erwachsen waren. Um politische Bündnisse zu untermauern. Und seine Halbbrüder bekamen Aufgaben innerhalb des Palastes. Oder sie wurden mit einer kleinen Summe weggeschickt.

Doch Hamad, er wurde immer besonders behandelt. Er war der Kronprinz. Mit seinen Halbgeschwistern kam er nie zusammen. Jetzt war sein Vater tot und er war der König. Mit eigenen Harem.

Hamad dachte an seine beiden kleinen Söhne, die hier im Palast lebten. Wann hatte er sie das letzte Mal gesehen? Ihre Mütter hatte er in ihre Heimat zukehren lassen. Sie wollten ihre Kinder nicht mitnehmen. Er hatte auch drei Töchter gezeugt. Diese wurden jedoch von ihren Müttern mitgenommen. Hamad war da großzügiger wie sein Vater, dachte er. Die Frauen hatten ihm gedient und sich ficken lassen. Er hatte sie geöffnet und sie defloriert. Willig und wissend, dass sie es bei ihm gutgetroffen hatten. In seinem Harem lebten sie besser als in irgendeinem Pestverseuchten Schweinestall, den ein anderer sein Sklavenquartier nannte. Und auch dort wären sie vergewaltigt und jede Nacht geschändet worden. Wahrscheinlich von vielen Männern.

Das würde auch diese blonde Schönheit erkennen, dachte Hamad. Bislang wehrte sie sich mit Haut und Haaren. Sie hatte um sich getreten und gebissen als man sie baden wollte. Die alten Frauen hatten Hamad um Hilfe gebeten. Denn ein anderer Mann durfte seine Konkubinen nicht berühren. Zum Glück war Hamad schon fertig mit den anderen beiden Frauen. Wieder musste er daran denken.

Jasmin leckte heftig seinem Sack, Ihre lange Zunge glitt über die prallen Eier. Sie sog daran und ließ Hamad schreien. Er hatte gerade heftig in Coras Arsch abgespritzt als man an die Tür klopfte. Zum Glück war er fertig.

Hamad hatte die hellblonde Frau gefesselt und in die Badewanne gesetzt. Dort wäre sie fast ertrunken als sie ins Wasser rutschte. Er zog sie hoch und wurde von ihr gebissen. Seine Hand hatte geblutet. Hamad hielt sie fest, während die Frauen ihre Haare kämmten und flochten. Er riss ihre Beine auseinander als die Frauen ihre Scham rasierten und ihre Löcher einölten. „Schön viel Öl. Frauen! Ich will mich tief in sie schieben. Und dann muss es flutschen." Hatte er befohlen. Die Frauen hatten gelacht und das warme Öl in beiden Löchern verteilt. Die Frau bockte und schrie gellend. Doch Hamad hielt sie eisern fest.

Jetzt hing die Frau gefesselt über den großen Holzbock. Und das schon seit einer Stunde. Doch Hamad ließ sich viel Zeit. Er wollte die Frau bestrafen. Die alten Frauen hatten ihr erklärt, wie sie sich in Hamads Gemächern benehmen sollte. Das sie ihn nicht ansprechen durfte. Nur zu ihm ins Bett kriechen durfte und gehorsame sein sollte. Egal, was der König machen wollte. Doch sie hatte nur gesungen und es ignoriert. Die anderen Sklaven-Stuten hatten mit ihr geredet und ihr erklärt, wie schön es war, vom König benutzt zu werden. Es ging ihnen doch gut hier im Harem. Sie mussten nicht hart arbeiten und sich nur um ihre Schönheit kümmern. Doch das hatte die Frau nicht interessiert.

„Ich werde mich nicht freiwillig durchstoßen lassen. Wenn, muss er mich vergewaltigen." Hatte sie nur gesagt. Sie hatte sich geweigert, die leichten, luftigen Kleider anzuziehen, die Hamad ihr rauslegte. Wütend hatte er sie an den Bock gebunden. Jetzt hing sie nackt und gefesselt am Bock. Hamad sah auf sein Wunde an der Hand und erhob sich. Zeit, die ungehorsame Frau zu bestrafen, dachte er voller Vorfreude auf ihre Löcher. Doch vorher kam die Bestrafung. Sie musste lernen zu gehorchen.

Hamad ging in den Raum nebenan und sah sofort die junge Frau, die nackt über den unbequemen Bock hing. Das musste unangenehm sein, dachte er und grinste wieder. Doch sie hatte den König gebissen, das zog Strafe nach sich. „Sag mir deinen Namen, Frau!" forderte er wieder und nahm ein breites Paddel von der Wand. „Nein, das tue ich nicht." Sagte die Frau wütend. Sie schrie auf als Hamad das Paddel auf ihren nackten Hintern sausen ließ. Wieder schlug er zu. Es klatschte laut. „Du bist sehr stur und voller Widerstand! Ich bin dein Herr! Dein Besitzer! Ich habe dich gekauft! Du bist nicht mehr wert als ein gutes Pferd." Schnauzte Hamad sie an und schlug erneut zu.

„Dann fickt doch euer Pferd. Vielleicht ist es gehorsamer als ich!" schrie die Frau gellend. Hamad warf das Paddel weg, ihr Hintern war jetzt feuerrot. Er musste sich beherrschen, wenn er sie nicht verletzen wollte. Er wollte sie ja noch ficken.

Seine Hand strich über die glühenden Backen und er lachte leise als sie schmerzerfüllt aufschrie. Seine linke Hand griff um sie herum und erfasste die Brust. Zufrieden massierte er die feste Halbkugel. Seine andere Hand fuhr in die gut geölte Spalte und spreizte die Schamlippen. Wütend zerrte die Frau an ihren Fesseln, konnte sich aber nicht wehren. Sie war sehr festgebunden. Hilflos musste sie zulassen, dass Hamad ihr Loch suchte und wieder seine Finger in sie schob. Diesmal nahm er gleich zwei Finger, die er so tief wie möglich in die Frau stieß. Vor ihrem Jungfernhäutchen stoppte er. Die Frau schrie gellend auf. „Nun mal nicht so laut, kleine Sklavin. Ich bin doch noch dabei, dich zu dehnen und vorzubereiten. Ich muss dich weiten. Mein Schwanz ist ziemlich groß. Und ich will mir nicht wehtun, wenn ich in dich stoße. Es reicht doch, wenn es dir wehtut." Sagte Hamad geil wie selten. Er spreizte seinen Daumen und stieß ihn in ihr Poloch. Beide Löcher waren mit seinen Fingern gefüllt. Wieder schrie die Frau, es störte ihn nicht. „Hör auf zu schreien. Ich werde dich in beide Löcher ficken. Jede meiner Stuten ist so eingeritten. Und du wirst keine Ausnahme sein." Seine linke Hand kniff die harte Brustwarze und griff an ihrem Haarzopf. Daran zog er ihren Kopf hoch. Er zog seine Hand aus ihren Löchern und hielt ihre Hüfte, die er gegen den Bock drückte. Sein Mund saugte an ihrem langen schlanken Hals, während er seinen Schwanz ansetzte und sich ihr gut geöltes Schamloch schob. Er musste kräftig drücken, da sie so eng war. Trotz seiner Finger eben. Doch dann war die Eichel in dem Loch und er konnte sich vorarbeiten. Sie schrie laut. Doch unbeeindruckt stieß er sich tiefer. Bis er ihr Häutchen spürte. Einen Moment verharrte er, um ihr Luft zu lassen. „Ich bin halb in dir drin. Gleich werde ich dich öffnen. Das tut etwas weh. Aber nur das erste Mal." Sagte Hamad leise. Er griff um sie herum und massierte ihre kleine

Perle. Sie reagierte und entspannte sich etwas. Das gefiel ihr also, dachte er zufrieden. Das mochten sie doch alle. Ihr Unterleib begann, sich zu bewegen. Darauf hatte Hamad gewartet. Mit einem kräftigen Stoß durchbrach er das Häutchen und schob sich tief in die junge Frau. Sie schrie wieder gellend auf und bockte. Dadurch kam Hamad noch tiefer in sie. Er presste sie voller Lust gegen den Bock. „Ist das toll. Ich bin hart wie nie. Du bist so herrlich eng." Stöhnte Hamad. Wieder massierte er ihre Perle und begann sich zurück zu ziehen. Nur, um erneut in das enge Loch zu stoßen. Wieder schrie die Frau auf und bockte gegen den dicken Eindringling in ihrem Körper. Hamad hielt ihren Unterleib fest und stieß jetzt routiniert in das enge, jungfräuliche Loch. Er fand sein Tempo und trieb seinen Schwanz immer tiefer in das Loch. Er weitete und öffnete sie, bis er ihren Muttermund fühlte. Sie schrie auf und explodierte als sie seine Eichel dort spürte. Sich wild windend genoss sie die ihr unbekannten Gefühle, die ihren Unterleib zusammenzogen und sie bocken ließen. „Gnade" schrie sie laut. Zum ersten Mal bat sie ihn um etwas, dachte er schwer keuchend.

„Oh Nein, Mädchen, erst wenn ich spritze. Dafür bist du hier. Dafür hängst du an diesem Bock. Für mein Vergnügen." Schrie Hamad. Immer wieder stieß er in den Frauenkörper. Sein Schwanz schwoll noch mehr an und schien gleich zu platzen. Es schmerzte fast schon. Doch ihr Loch war so eng, so schön, so geil. Er presste ihren Oberkörper auf den Bock und bewegte seinen Unterleib schnell hin und her. Er rutschte jetzt fast mühelos in ihr frisch geöffnetes Loch. Ihr Schamlippen zuckten und pulsierten bei jedem Stoß heftiger. Er sah ihren Saft, gemischt mit ihrem Jungfrauenblut, dass mit jedem Stoß aus ihr herausfloss. Es sah zu geil aus. Er stöhnte schnell, hämmerte in sie und schrie auf. Er erstarrte tief in ihr und spritzte seine übervolle Ladung in schweren Schüben in ihr ab. Die Frau schrie erneut auf und verkrampfte sich zu einem neuen Orgasmus. Ihre lustvollen Gefühle ließen sie laut stöhnen. Sie war zweimal gekommen, merkte Hamad zufrieden. Das hatte er noch bei keiner Entjungferung erlebt. Er beugte sich vor und suchte ihre Augen. Grün wie der Wald. Unergründlich, so dass man Gefahr lief, sich darin zu verirren. So etwas hatte Hamad noch nie erlebt. „Wie heißt du, Mädchen." Fragte er wieder.

„Ich bin Luna! Kind des Mondes und Tochter des Nordwinds. Und mein Vater wird euch finden. Das hier, das war euer Todesurteil." Sagte Luna schwer atmend.

3 Kapitel

Hamad hatte Luna, wie die Frau also hieß, an das Bett gefesselt. Er war noch nicht fertig mit ihr. Auch wenn er sie defloriert und geritten hatte, hart geritten hatte, so war sie immer noch widerspenstig und wehrte sich. Normalerweise beließ er es in der ersten Nacht bei dem Entjungferungsfick. Dann waren die jungen Frauen immer erschöpft, verwirrt und vollkommen verzweifelt. Viele von ihnen hatten bis zu ihrer Deflorierung nie etwas über den

Geschlechtsverkehr gehört. Naiv und unwissend. In seinem Harem waren Töchter von Fürsten, reichen Kaufleuten und Edelfräulein, deren Burg überfallen und sie verschleppt wurden. Man bot ihm diese Frauen an, wissend, das der König gebildete Huren bevorzugte.

Er zog die Fesseln an den Beinen nach und grinste als die junge Frau wütend aufschrie. „Du hast selbst Schuld. Du hättest nicht versuchen sollen, zu flüchten als ich dich zum Waschen schickte. Ich dachte, du hättest nach dem Fick eben erkannt, wer dein Herr und Meister ist. Du kannst mir nicht entkommen, Luna." Sagte Hamad. Er stieg auf das große Bett und kniete sich zwischen ihre weit offenen Beine. Die junge Frau schwieg nur und starrte an die Decke.

Hamad hatte sie am Bock gebunden, ein zweites Mal gefickt. Seine Finger waren in ihr frisch geöffnetes Loch gestoßen und er hatte gelacht als ihr letztes Jungfrauenblut, gemischt mit seinem Sperma und ihrer heißen Feuchtigkeit an seiner Hand herunterlief und auf dem Boden tropfte. Er hatte aber auch eine große Ladung in ihr abgeschossen, dachte er. Sie versuchte sich zu wehren und zu treten. Doch mit einem harten Schlag brachte er sie zum Stillhalten. Sein Daumen bohrte sich in ihren anderen Eingang, um ihn zu weiten. „Halte still, du tust dir nur selbst weh. Ich dagegen habe meinen Spaß, so oder so. Ich kann mit dir machen, was ich will." Hatte er gesagt und stieß seinen wieder angeschwollenen Schwanz tief in das enge Loch. Sein Daumen stieß rhythmisch dazu in ihr Poloch. Sie musste sich daran gewöhnen auch dort seinen Schwanz zu empfangen. Er dachte kurz an Cora. De Frau war schlau und wusste, fickte der König ihren Hintern, wurde sie nicht dick von ihm. Sollte er die Fotzen der anderen füllen, sie reichte ihm den anderen Eingang. Wann immer Hamad Lust auf einen Arschfick hatte, ließ er sich Cora kommen. Er stieß wieder das enge Jungfrauenloch, um die junge Frau einzureiten und ihr seinen Willen aufzuzwingen. Luna würde bald merken, dass das Leben hinter den dicken Mauern hier sehr gut war. Für eine Sklavin hatte sie nichts zu tun als ihm ab und zu, zu ficken. Ohne Rücksicht hatte er sich amüsiert, sie schnell gefickt, seinen Daumen tief in ihren Anus gestoßen und erneut in ihr abgespritzt. Auch diesmal war sie schreiend explodiert. Er löste ihre Fesseln und sie sank gedemütigt und erschöpft, wie er glaubte auf den Boden, mitten in die große Pfütze aus Körperflüssigkeiten.

Er hatte sie zum Waschen in den Nebenraum geschickt. Sie war voller Blut und Sperma, das an ihren Beinen herunterlief. Sein Werk, dachte Hamad nicht ohne Stolz.

Sie war in den Raum geschlichen. Hatte er jetzt endlich ihren Winderstand gebrochen? Hatte er jetzt eine neue, wunderschöne Haremsdame? Mit solch einer Schönheit konnte er angeben. Er stellte sich vor, wie er Luna seinen Freunden präsentierte. Leicht verschleiert, nur die Augen und Haare betonend, konnte sie für seine Freunde tanzen. Die alten Frauen konnten ihr einige erotische Tänze beibringen. Luna war schlank und gelenkig. Sie würde gut tanzen können. Ein lautes Geräusch lief ihn aufschrecken. Er rannte in den Waschraum und konnte die Frau gerade noch daran hindern, aus dem Fenster zu klettern. Sie waren hier oben in einem Turm, den sogenannten „Jungfrauenturm". In schwindelauslösender Höhe. Sie wäre abgestürzt und gestorben. Wutentbrannt hatte Hamad die Frau zurückgezerrt und ihr wieder den Arsch versohlt.

Jetzt lag sie gefesselt, breibeinig vor ihm im Bett. „Das hast du die selbst zuzuschreiben. Wolltest du sterben? Du kannst hier nicht entfliehen. Der Turm wurde extra für diese Nächte gewählt. Ich dachte nicht, dass du so dumm bist!" schrie er sie wieder an. Seine Hände massierten ihre prächtigen Brüste.

„Mir wäre nichts passiert. Ich bin Luna. Tochter des Mondes. Meine Mutter hätte mich beschützt." Sagte die Frau nur leise. „Ach ja? Und hat sie dich vor mir beschützt? Hat sie verhindert dass ich dich schon zweimal geritten habe und mein Sperma in dir verteilt habe? Oder verhindert sie, dass ich mir jetzt dein anderes Loch vornehme?" schnauzte Hamad wütend über den arroganten Ton der jungen Frau. Er hatte doch schon viele Jungfrauen eingeritten. Jede von ihnen war spätestens nach dem zweiten Ritt ergeben und devot gewesen. Sie alle hatten erkannt, dass es besser war, dem König zu gehorchen und ihm mit ihrem Körper spielen zu lassen. Danach hatten auch sie alle ihren Spaß dabei. Dafür sorgte Hamad immer.

„Schwein" sagte Luna nur und schloss ihre Augen. Hamad lachte leise. Er beugte seinen Kopf und zog ihre Schamlippen auseinander. Seine Zunge fuhr der Länge nach durch die glatte, Haarlose Spalte. Die alten Frauen hatten gute Arbeit geleistet. Er hasste Haare im Mund. Das war etwas, dass ihm das Ficken versaute. Die Frau musste lernen, sich unten allein sauber zu halten. Er schob zwei Finger in ihr Loch und spürte immer noch Reste seines Spermas. Anscheinend hatte sie es nicht gewagt, sich im Loch zu waschen. Egal, das störte ihn jetzt nicht, denn jetzt wollte er ihr anderes Loch öffnen und benutzen. Normalerweise ließ er sich Zeit damit, doch der Widerstand der Frau reizte ihn ungemein. Also sollte sie gleich hier und heute lernen, dass er das Sagen hatte. Im Bett und im Harem. Es lag an ihm, welchen Stand sie innerhalb seiner Frauen einnahm. Es gab im Harem eine Rangordnung. Es gab die Favoritinnen, die er sehr oft fickte. Die raffinierten, die er sich für seine kleinen, perversen Spielchen kommen ließ, wenn ihm nach Bestrafung und Gruppensex war. Oder die Tänzerinnen, die er immer für seine Freunde kommen ließ. Und dann gab es die kleine Gruppe Frauen, die ganz unten im Harem standen. Die Ausgedienten, die er oft an seine Freunde „verlieh" oder verschenkte.

Doch diese wilde, grünäugige Schönheit hier, hatte das Zeug seine erste Konkubine zu werden. Ihr wundervoller Körper, die großen festen Brüste, machten ihn verrückt. Und ihre Gegenwehr ließ ihn voller Lust anschwellen. „Hast du deinen Hintern entleert?" fragte er Luna streng. Denn er wollte sie dort so tief wie möglich stoßen, ohne sich über eine „Überraschung" ärgern zu müssen. Luna schwieg und kniff die Lippen zusammen als er sie mit den Fingern im Loch zu ficken begann. Er schob jetzt drei Finger schnell in ihr rein und raus. Er schob ihr mit der anderen Hand ein Kissen unter den Rücken, so dass ihr Unterleib hoch kam. So konnte er zwei Finger der anderen Hand tief in ihr Poloch schieben. Er durchbrach ihre Rosette und lachte als sie versuchte, seine Finger rauszudrücken. Das versuchten alle beim ersten Mal, dachte er amüsiert. Er schob sich tief in ihren Darm und fühlte, dass sie dort leer war. Seine Zunge stimulierte ihre kleine, harte Perle, die zuckend jede Berührung genoss. Aufschreiend explodierte Luna. Ihre Fotze zuckte und zog sich um seine Finger zusammen. Ihr Unterleib bockte auf dem Bett. Darauf hatte Hamad gewartet. Er zog ihre Pobacken auseinander, setzte seine Eichel an ihren Poloch und drückte. Luna wollte erschrocken das Loch zukneifen. Doch zu spät. Hamad durchbrach mit seiner Eichel die Rosette und schob sich ein großes Stück in den gut geölten Darm. Ihr Poloch musste sich gewaltig dehnen und schmerzerfüllt schrie Luna das heraus. Sie hob ihren Unterleib so gut sie konnte, um dem Schwanz auszuweichen. Um ihn wieder rauszudrücken. Doch Hamad drückte sie zurück und schob sich weiter in den kleinen

Frauenarsch. „Nicht schlecht für das erste Mal, Luna. Ich bin fast ganz in dir drinnen. Das schaffe ich nicht bei jeder Sklavin. Und jetzt halte still und lass mich ficken. Wenn du rumzappelst, tust du dir nur selbst weh. Oder du reißt ein. Dann interessieren mich deine Löcher nicht mehr." Stöhnte er dunkel. Mit langsamen, fast trägen Stößen, bewegte er sich in ihrem Darm. Immer schön vorsichtig, um zu verhindern, dass sie einriss. Er war wieder sehr dick und ihr kleines Loch bot ihm enormen Widerstand. Es sah zu geil aus, wenn das dicke Rohr in der engen Öffnung verschwand. Entschlossen löste er die Beine und legte sie sich über seine Schultern. So kam er noch tiefer in ihr Arschloch. Luna wimmerte nur und ließ ihn gewähren. Sie hatte also endlich gelernt, dass er ihr Herr und Besitzer war, dass er mit ihr machen konnte, was er wollte. „Lass deinen Arsch locker, das erspart dir Schmerzen. Fühlst du mein Rohr tief in dir? Dort wird es bleiben, bis ich dich vollspritze, kleine Luna." Keuchte er geil wie selten. Er beugte seinen Kopf und leckte ihr anderes Loch. Er schob seine Finger rein und fickte sie in beide Löcher. „Du Schwein!"

schrie Luna und explodierte in einem weiteren Orgasmus. Hamad lachte auf, stieß schneller in das herrliche Arschloch, verkrampfte kurz und spritzte seinen heißen Saft tief in ihren Darm.

5 Kapitel

Luna lag erschöpft, gedemütigt und geschändet neben Hamad im Bett. Das war sehr ungewöhnlich für den König. Denn normalerweise schickte er seine Frauen nach Benutzung zurück in den Harem. Mit einer Nachricht an die alten Frauen, in welchem Rang er die „Neuzugänge" einordnete. Bestimmt warteten die alten Weiber schon auf die hellblonde, grünäugige Hure. Denn dazu hatte Hamad sie heute gemacht.

Eigentlich müsste sie jetzt mit wunden Löchern, im Harem liegen und weinen. Doch Hamad wollte sich von der blonden Teufelin noch nicht trennen. Ihr frecher Mund, ihre Widerworte, trotz seiner intensiven Behandlung, reizte seinen Verstand.

Und es freute Hamad, dass sie seine Sprache verstand und er sich mit ihr unterhalten konnte. Das kam nicht oft vor. Jasmin und Cora zu Beispiel, verstanden kein einziges Wort, was er sagte. Er machte Zeichen und die beiden gehorchten. Devot und gehorsam, gut erzogen von Hamad. Zum Ficken reichte das. Doch mit Luna war das anders. Sie weinte nicht oder jammerte über seine Schändung. Ganz im Gegenteil, starrte sie ihn hasserfüllt an. Bewundernd strich er über ihre Brüste. Luna erzitterte, war aber zu schwach und erschöpft, um sich zu wehren.

„Du sagtest, dein Vater sei der Nordwind. Wer ist das. Ich kenne ihn nicht." Sagte Hamad und nahm eine der Brustwarzen in den Mund. Frustriert ließ sie es geschehen. Ihr fehlte die Kraft, Hamad abzuwehren. Und sie hatte Angst, er würde sie erneut fesseln.

„Mein Vater ist der Nordwind. Der stärkste und mächtigste Wikingerkönig des Nordens. Ihm unterstehen acht Stämme voller Krieger. Ich war auf dem Weg, einen der Männer zu heiraten.

Zusammen mit den sieben Jungfrauen, die mein Geleit waren. Unser Hochzeitszug wurde überfallen. Unsere Wachen wurden ermordet und wir acht wurden verschleppt. Noch in der ersten Nacht wurden zwei der Jungfrauen so schlimm geschändet und vergewaltigt, dass eine von ihnen starb. Wir anderen mussten hilflos zusehen. Wir wurden an den dicken Kaufmann verkauft. Der machte da weiter, wo unsere Entführer aufhörten." Erzählte Luna leise, weinend. Hamad hörte das Leid aus ihren Worten. Dann wurde ihre Stimme hart. „Mein Vater, der mächtige Nordwind ist auf dem Weg hierher. Er wird alle Männer zur Rechenschaft ziehen, die seiner Tochter Leid antaten. Ich werde zusehen, wenn er dich zwischen vier Ochsen spannen lässt und dein Körper zerreißt. Während du voller Schmerzen schreist. So wie ich vorhin schrie." Sagte sie dann hart.

„Deine Worte machen mir keine Angst, kleine Hure. Ich bin der König der Tureks. Meine Männer werden auch die Teufel der Wüste genannt. Und ich habe sehr, sehr viele Teufel an meiner Seite." Sagte Hamad. Sein Schwanz war wieder hart und einsatzbereit. Ein Griff in ihr Loch zeigte ihm, wie nass sie immer noch war. Zufrieden spreizte er ihre Beine und stieß tief in das nun offene und gedehnte Loch. Kurz schrie Luna auf. Doch sie wehrte sich nicht weiter. „Lege deine Beine um mich. Du musst lernen, meine Stöße zu erwidern. Ich werde dir das Ficken beibringen." Stöhnte er lustvoll. Mit langen Stößen fuhr er tief in sie. Hoffentlich wurde die Frau nicht so schnell dick von ihm. Denn er hatte heute Nacht eine neue Favoritin gefunden.

Luna besah sich das kleine, elegante Zimmer, das ihr eine der alten Frauen wies. Es war spät am Morgen als Hamad sie persönlich im Harem abgeliefert hatte. Das hatte erneut zu Unruhen hier gesorgt. Nicht nur, dass der König seine neue Sklavin die ganze Nacht bei sich behalten hatte und sie hier erst am nächsten Morgen, persönlich ablieferte. Nein, er sah auch zu, wie Rosalie, seine bisherige Favoritin, das Zimmer räumen musste. Die dunkle, glutäugige spanische

Schönheit, die Hamad vor sechs Monaten von einem befreundeten Kaufmann geschenkt bekommen hatte, starrte Luna hasserfüllt an. Bis zu ihrem Auftauchen, hatte Rosalie immer die meiste Zeit bei dem König verbracht. Jede Woche hatte der Mann mindestens zwei bis dreimal nach Rosalie verlangt. Sie war von Hamad perfekt eingeritten und erzogen worden. Und sie machte willig alles mit. Egal, ob der Mann in ihrem Arsch, ihrer Fotze oder ihrem Mund kommen wollte. Rosalie hatte schnell gelernt, dass es besser war, dem Mann zu gehorchen. Und sie wusste, wie sie Hamad um den Bart ging, um einige teure Geschenke zu bekommen. Ihre Kleider waren die schönsten und edelsten hier im Harem.

Jetzt musste sie ihre Vorzugsstellung räumen und das elegante Zimmer an Luna abtreten. Der König hatte eine neue Frau, die ihn interessierte. Rosalie sah Luna hasserfüllt an. Sie hatte Hamad mit den anderen, den niedrigen Huren hier im Harem teilen müssen. Das war schwer, aber hinnehmbar, solange ihr die restliche Zeit gehörte. Doch jetzt wurde ihr der Rang abgelaufen. Von einer blassen nordischen Schönheit, die die ganze Nacht und den frühen Morgen bei dem König verbringen durfte. Ja, sie hasste diese Frau abgrundtief.

„Rosalie wird ab sofort bei den anderen Frauen schlafen. Gebt ihr das Bett neben Cora. Dann weckt ihr die anderen nicht, wenn ich nach den beiden zusammen verlange." Erklärte Hamad grinsend. Er strich Rosalie über den blanken Busen und lächelte. „Nicht eifersüchtig werden, Schöne. Du musst lernen zu teilen. Deswegen wirst du mich nur noch zusammen mit Cora besuchen. Deine Fotze und ihr Arsch passen gut zusammen." Erklärte er weiter. Dann schubste er Luna fast in das, nun leere Zimmer. „Es gehört ab jetzt dir, Luna. Und ich sage dir, was ich den anderen auch sagte. „Sieh zu, dass du dir das Zimmer verdienst. Nur wer brav seine Löcher präsentiert, schläft allein. Denke darüber nach." Sagte er leise zu der jungen Frau. Er hatte etwas Mitleid mit Luna. Denn er hatte sie letzte Nacht und heute Morgen wieder heftig genommen. Heute Morgen hatte er sich wieder in ihren Arsch gebohrt. Man, war das geil gewesen. Sein dicker Ständer in dem engen Loch, das ihm immer noch Widerstand leistete. Sie weigerte sich, seinen Schwanz zu akzeptieren. Doch jetzt war sie wund. Denn sie hatte erneut Widerstand geleistet. Er hatte sie wieder fast gewaltsam nehmen müssen. Und ihre Löcher brannten, Sie brauchte dringend die Wundersalbe. Die alten Frauen mussten ihr zeigen, wie sie sich cremte. Damit ihre Löcher bald wieder einsatzbereit waren. Hamad sah sich um. Sein Blick fiel auf die schmale Pipa. Eine kleine Asiatin, deren Namen niemand aussprechen konnte. Und deswegen Pipa gerufen wurde. Sie hatte er letzten Monat zuletzt benutzt. Zeit, das zu ändern, dachte er und freute sich auf ihre kleine Fotze.

„Ich werde euch nie gehorsam dienen, Mann! Ich bin Luna. Tochter des Nordwinds. Ihr müsst mich schon einkerkern, dass ich nicht versuche, zu fliehen. Ihr habt mich in der letzten Nacht geschändet und entehrt. Das zerstörte meine Pläne auf eine Standesgemäße Hochzeit. Das wirst du mir büßen. Mir und meinem Vater."

Schrie Luna ihn an und holte Hamad damit aus seinen selbstzufriedenen Gedanken. „Du wagst es, mich zu duzen und mir zu drohen? Ich bin dein Herr und Meister. Du hast mich weder anzusprechen, noch mir zu drohen. Ich werde dir den Gefallen tun und dich in den Kerker sperren! Du hast es so gewollt. Ich wollte dich nach dieser Nacht zu meiner Favoritin machen. Ich wollte dich meinen Freunden präsentieren. Doch jetzt verbringst du die nächste Zeit im Kerker!" brüllte Hamad Luna an. Er warf ihr einen Umhang zu. „Den wirst du da brauchen. Es ist sehr kalt dort unten." Schrie er weiter. Die unmögliche Frau brüskierte ihn vor seinem gesamten Harem. Alle Frauen hier, die ihn fürchteten, verloren ihren Respekt vor dem König.

Hamad zerrte Luna wieder in den Gang und weiter in den Keller des Palastes. Luna warf sich eilig den Umhang um, es war hier wirklich sehr kalt. Sie dachte an den warmen Harem und bereute ihre Worte schnell. Doch sie war zu stolz, sich zu entschuldigen.

Hamad nickte den Wachen zu, öffnete eine der Zellen und stieß Luna hinein. Dann wandte er sich an die Wachen. „Ihr werdet auf die Frau achtgeben. Den Schlüssel zur Zelle verwahre ich. Nicht dass ihr die Frau fickt, wenn ich weg bin! Ich werde ihr gesondert etwas zu essen bringen lassen. Das ist für sie, verstanden?" schnauzte er die Männer an. Beide Männer nickten eilig. Dann ging der König und ließ Luna im dunklen Verließ allein.

Sie kroch in die hinterste Ecke. Die Männer kamen und lockte sie. Sie wollten, dass Luna zum Gitter kam. Doch sie weigerte. Denn sie wusste, die Männer wollten sie begrabschen und versuchen, sie durch die Gitterstäbe zu ficken. Angsterfüllt blieb sie in der Ecke sitzen.

Es war spät in der Nacht als Hamad wieder im Kerker erschien. Er hatte Leila wieder in den Harem geschickt. Leila war ihm geschickt worden, nachdem bei Pipa die unreinen Tagen eingesetzt hatten. Leila kam von einer der vielen Inseln, die im Mittelmeer lagen. Hamad hatte sie auf dem Sklavenmarkt entdeckt. Fast so, wie er

Luna dort gefunden hatte. Ihn hatte ihre kleine Gestalt fasziniert. Zuerst glaubte er ein Kind vor sich zu haben. Doch ihre großen Brüste und ihre ausgewachsene Schambehaarung hatten ihm gezeigt, dass sie erwachsen war. Sein Leibsklave konnte sich mit Leila verständigen und erfuhr, dass sie bereits einundzwanzig war. Tochter eines Stammesoberhauptes.

Er hatte sich Leila kommen lassen. Die schmale, sehr kleine Frau setzte er sich gerne auf sein Schwert und ließ sich reiten. Das konnte die kleine, raffinierte Frau gut. Sir hatte gelernt, wie sie Hamad stimulierte, und mit ihren Schamlippen arbeiten musste, um ihn zum Spritzen zu bringen. Ihre herrlich festen Brüste wackelten dabei auf und ab, während sie auf seiner harten Lanze hüpfte. Oft lehnte sie sich zurück, um Hamad die letzten, erlösenden Stöße machen zu lassen. Ihre kleine Hand spielte dann immer mit seinem Sack, das mochte Hamad gerne. Er musste Leila öfter ficken, überlegte er. Die kleine Frau war in den letzten Wochen zu kurz gekommen.

Hamad sah auf die schlafende Luna, die sich frierend in einer der Ecken der Zelle gerollt hatte. Den schweren Umhang fest um sich gezogen. Keine Ahnung, warum er den Weg hierher gemacht hatte. Er hatte Leila in den Harem geschickt und sollte jetzt eigentlich fest schlafen. In seinem schönen, warmen Bett. Doch stattdessen saß er jetzt hier in der Kälte und sah Luna zu. Wie sie zitternd schlief.

„Ich habe zu viele Fickstuten. Es sind zu viele. Es gibt Frauen, die ich schlicht schon vergessen habe." Flüsterte Hamad zu sich selbst. Er schloss kurz seine Augen und versuchte, sich an alle Frauen im Harem zu erinnern. An alle ihre Namen. Ihm fiel nur die Hälfte ein. Nur Luna, ihrem Namen würde er nie vergessen, dachte er schmunzelnd. Seine grünäugige Hexe.

Entschlossen erhob sich Hamad und öffnete die Zelle. Er hob die schlafende Frau auf und trug sie die Treppe hoch, wieder in sein Schlafzimmer. Dort schob er sie unter die dicke Bettdecke. Sie war eiskalt. Besser sie wärmte sich hier auf. Bevor sie krank wurde. Nur deshalb erlaubte er ihr, auch diese Nacht hier in seinem Zimmer zu verbringen. So rechtfertigte er sich selbst.

Hamad setzte sich an seinen Schreibtisch. Dort machte er eine Liste. Er würde sich von Jasmin trennen. Auch wenn ihre Zungenfertigkeit außerordentlich war. Doch zum Ficken war sie nicht zu gebrauchen. Ihre Löcher waren ihm nicht ansprechend. Zu weit, ohne kräftige Muskeln, die ihm molken. Sie lag einfach nur da und ließ ihn arbeiten. Das störte ihn schon lange. Hamad schrieb noch fünf weitere Namen auf seine Liste. Sechs Frauen würden ihn verlassen, dachte er grimmig lächelnd. Er überlegte kurz und schrieb dann einen siebten Namen auf die Liste. Rosalie. Ihr hasserfüllter Blick heute Morgen war ihr Verderben. Das zeigte Hamad, dass die Frau sich mehr von ihm erhoffte als nur ihre Löcher benutzen zu lassen. Und eine ehrgeizige Frau, die in seinem Harem für Unruhe sorgte, war gefährlich. Gefährlich für Luna, seiner neuen Favoritin. Luna war nicht die erste Hure, die bei einem „Unfall" starb.

Das waren sieben. Morgen würde er durch seinen Harem schreiten und noch fünf weitere Frauen aussortieren. Frauen, dessen Löcher ihm seit einiger Zeit nicht mehr interessierten. Doch jetzt sollte er etwas schlafen. Leila hatte ihn gut und geschickt geritten und abgemolken. Ihre kleine Fotze hatte sich eng um seinen Schwanz gepresst, um jeden Tropfen seiner Hengstmilch aufzunehmen. Sie hatte ihn erst aus ihrem Loch gelassen, nachdem er vollkommen abgemolken war. Wie schwer war es damals gewesen, die kleine Frau einzureiten. Seinen langen, dicken Schwanz in ihre sehr enge Fotze zu pressen. Und wie geschickt stellte sie sich jetzt an. Leila würde bleiben. Hamad zog sich aus und kroch zu Luna ins Bett. Die Frau war immer noch so kalt. Er zog sie an sich und wärmte sie.

5 Kapitel

Hamad schmunzelte und schielte unter seinen Wimpern hervor. Luna war wachgeworden und glaubte, er hätte es nicht bemerkt. Sie hatte sich einen seines Kaftans übergeworfen und wollte flüchten. Doch bereits an der Tür stoppte ihre Flucht. Denn Hamads Schlafzimmer wurde von zwei seiner Tureks bewacht. Sie würden Luna nicht gehen lassen. Nicht ohne seinen Befehl.

„Guten Morgen, Sklavin. Gut geschlafen? Ich jedenfalls ja. Und ich will mir deine Löcher ansehen. Also komm wieder ins Bett." Befahl Hamad der Frau grinsend. Luna schwieg, bewegte sich aber nicht. „Ich sagte, komm wieder ins Bett!" sagte Hamad. Sein Schwanz war über Nacht wieder zu voller Kraft angeschwollen. Er hatte eine ziemlich harte Morgenlatte und wollte sich abreagieren. Was war da besser als ein schneller Fick.

Luna schüttelte den Kopf und umklammerte den Türgriff. „Ich werde dir nicht freiwillig dienen, König." Fauchte Luna wieder. Sie überlegte wirklich, die Tür auszureißen und eine erneute Flucht zu versuchen. Damit würde sie ihn vor seinen Leuten lächerlich machen, das wusste er. Schon war Hamad aus dem Bett und griff nach Luna. Sie schrie erschreckt auf, doch das störte Hamad nicht. Denn keiner würde ihr zu Hilfe eilen. Sie war sein Eigentum, die Stute des Königs. Und er konnte mit ihr machen was er wollte. Selbst wenn er sie umbrachte, würde ihn niemand dafür verachten.

Er warf Luna bäuchlings aufs Bett und kniete sich hinter sie. Mit der einen Hand drückte er sie aufs Bett, mit der anderen untersuchte er ihre Löcher auf Verletzungen. „Du bist nicht gerissen oder wund, das ist gut. Du hast unsere Reitstunden gestern gut weggesteckt, Luna. Jetzt werde ich dich wieder reiten. Halte still, dann wird es dir gefallen. Du bist doch gestern auch mehrmals explodiert. Das kannst du jetzt wieder." Knurrte Hamad streng. „Nein!!" schrie Luna. Doch zu spät. Schon steckte Hamads steinharter Schwanz tief in ihrem Loch. Er hatte geradezu aufgespießt. Mit der einen Hand drückte er sie weiter aufs Bett, mit der anderen wühlte er in ihrer Scham. Ruckartig, hart und zuckend, stieß er sich immer wieder in das enge Loch, dass seinen Schwanz fest umschloss. Er lag auf ihr und sie verschwand unter ihm. Seien Hände massierten ihre Brüste, während er immer schneller in sie stieß. Luna lag unter ihm und stöhnte laut. Aufschreiend zuckte sie unter ihn und wand sich unter ihren Orgasmus. Hamad erdrückte sie fast und hinderte sie, sich zu bewegen. Das verstärkte ihren Höhepunkt noch um vieles. Hamad stieß in das sich zusammenziehende Loch und spritzte seine Ladung direkt in ihre heiße Grotte. Sie beide schrien laut in die Morgendämmerung. Man hörte sie bestimmt im halben Palast.

Hamad saß auf seinen Thron und las seine Liste noch einmal durch. Er überlegte lange. Doch dann war sein Entschluss gefasst.

Vor ihm, auf dem kalten Boden der Thronhalle, kniete alle seine Stuten. Alle außer seiner neuen Favoritin. Luna durfte auf einen kleinen Hocker neben ihm sitzen. Doch statt stolz darauf zu sein, hatte er sie dazu zwingen müssen. Hamad hatte ihre Füße an dem Hocker fesseln müssen. Jetzt sah der König auf seine Slavinnen herunter, Jede von ihnen hatte sich so schön wie möglich für diesen Moment angezogen. Eine jede wollte

Hamad gefallen. Das sah er natürlich. Trotzdem hielt er an seiner Entscheidung fest.

„Ihr alle habt mir wundervolle Stunden beschert, Sklavinnen. Eine jede ist anders und besonders. Jede von euch hat mich verwöhnt. Und doch muss ich mich jetzt von zwölf Stuten trennen. Ich habe für euch neue Besitzer gefunden. Ihr werdet es dort guthaben. Ich rufe jetzt eure Namen und eure neuen Besitzer auf. Seid gehorsam und gehorcht, wenn euer Herr es verlangt." Erklärte Hamad. Keine der Frauen murrte oder jammerte, dachte er zufrieden. Sie alle wussten um ihr Schicksal. Sie waren nur junges Fleisch, dass man benutzen konnte, dachte Hamad. Doch er irrte sich. Er rief einen Namen nach dem anderen auf und wählte dann einen neuen Herrn für die Frau aus. Fast jede der ausgewählten Frauen weinte und jammerte. Keine von ihnen wollte das luxuriöse Leben im Palast aufgeben. Doch Hamad hatte keine Gnade. Er hatte sich entschieden und stand dazu. Zuletzt rief er Rosalie auf. Überrascht hob die aufgerufene Frau ihren wunderschönen Kopf. „Ich, Hoheit? Was habe ich getan, dass ihr mich wegschickt. Ich war stets willig und gehorsam. Ich habe alles weggesteckt, was ihr mir befahlt." Fragte sie aggressiv. Wieder sah sie hasserfüllt auf Luna.

„Du bist eifersüchtig und voller Neid auf meine neue Favoritin. Deswegen trenne ich mich von dir. Ich musste mich zwischen dir und Luna entscheiden. Ihre Löcher machen mich glücklich. Deine befriedigen mich nur. Das ist der Grund, warum ich mich für sie entscheide. Luna lässt meinen Lust Stab ständig stehen, heute Morgen allein zwei Mal" setzte er leiser hinzu. Luna hörte es und wurde rot. Rosalie sah aus als wollte sie sich auf Luna stürzen. Hamad hob seine Hand, um die Frau zu stoppen.

„Ich habe dich an meinen Großwesir verschenkt, Rosalie. Der Mann ist schon lange auf dich scharf. Seine Ehefrau ist fett und träge. Er sucht schon lange eine Frau zum Ausgleich. Du wirst es gut bei ihm haben. Das ist alles, was ich dazu sage." Grollte Hamad verärgert. Der Großwesir trat vor und griff Rosalies Arm. Er zog die Frau mit gierigem, geilem Ausdruck im Gesicht, hinter sich her. Rosalie schrie und beschwor Hamad, es sich noch einmal zu überlegen. Doch der König schwieg nur und wartete, bis sich die Tor hinter Rosalie schloss.

Dann wandte er sich an die zurückgenliebenden Frauen vor sich. „Ihr könnt in eure Räume zurückkehren. Ihr werdet mir weiter dienen. Ich werde nach euch rufen, wenn ich euch benutzen will." Sagte er streng. Die Frauen erhoben sich und schlichen aus dem Saal.

„Ihr seid unglaublich hart, Kerl" sagte Luna als sie mit Hamad allein war. Sie fummelte an ihren Fesseln herum. „Die Frauen wurden alle von euch geöffnet und geritten. Eine jede hat sich ihrem Schicksal ergeben und hat euch gedient. Und ihr verschenkt sie wie eine Kiste Datteln." Sagte sie bitter. Hamad löste ihre Fesseln und zog Luna zu sich auf seinen Schoss. Sie wehrte sich wieder und er legte sie kurzerhand übers Knie. Er schlug ihr hart auf den Hintern. Wieder erinnerte er sich, wie er sich dort heute Morgen reingebohrt hatte. Schon wurde er wieder hart. Er dachte daran, wie gut sein Schwanz in ihr nasses Loch gestoßen hatte. „Ich habe mich erkundigt. Dein Vater ist Wikinger und oft auf Raubzüge unterwegs. Ich wette, er bringt oft Sklaven mit. Auch Frauen, die in eurer Burg ebenso benutzt werden, wie du hier. Das hast du als Prinzessin nur nie mitbekommen. Glaubst du, dein Vater oder seine Männer gehen mit den gefangenen Frauen zimperlich um?! Wie viele Frauen fickt dein Vater, außer deiner Mutter?" fragte Hamad grimmig. Es reichte ihm, von Luna ewig verurteilt zu werden. Die Frau erstarrte und richtete sich auf. Mit hochrotem Gesicht sah sie Hamad an.

„In unserer Burg gibt es ein Haus. Dort kommen alle gefangenen Frauen rein. Unsere Männer gehen dort ein und aus. Oft mehrmals an einem Tag. Ich habe mir nie Gedanken deswegen gemacht." Gestand sie nun weinend. Die neue Erkenntnis erschütterte die Frau. „Ihr habt eure schönen Sklavinnen also in ein Bordell gesperrt, ich verstehe." Sagte Hamad dunkel. Luna schwieg betroffen. Sie ließ zu, dass Hamad ihr Kleid anhob und sie streichelte. Seine Hand rieb ihre kleine Perle und sein Mund leckte ihren schlanken Hals. Das ließ Luna weich werden. Auch wenn sie das nicht wollte. Sie versuchte nicht, sich zu wehren. Sie wurde nass und stöhnte heiser.

„Annita kam aus diesem Land. Eine junge, dunkelhäutige Sklavin. Sie brachte mir eure Sprache bei. Am Tage war sie mein Kindermädchen. In der Nacht schlief sie im Zimmer meiner Eltern auf dem Boden. Manchmal hörte ich sie alle drei stöhnen und schreien." Flüsterte Luna erkennend, was sich dort abgespielt hatte. „War Vater auf Reisen, schlief Annita bei Mutter im Bett." Erinnerte sie sich weiter. Sie wehrte sich nicht als Hamad sie anhob und sie auf seinen harten Schwanz spießte. Sie schrie nur erschreckt auf. „Deine Mutter mochte also Frauenkörper, ich verstehe." Sagte Hamad. Er drehte Luna etwas und drückte ihren Oberkörper gegen sich. Er warf seinen Umhang über ihren Kopf. Keiner durfte seine Fickstute sehen. Sie gehörten nur ihm. Ihr Gesicht und ihre Löcher.

Dann klingelte er und einer seiner Minister betrat den Saal. Hamad zog Lunas Kleid runter, über seinen Schwanz und winkte den Mann näher. „Wehe, du bewegst dich, Luna. Du wirst so ausharren, bis ich dich erlöse. Kommst du zum Höhepunkt, ohne dass ich dir das erlaube, spürst du meine Peitsche." Flüsterte er ihr ins Ohr. Dann begrüßte er den Mann, der sich ehrerbietig verbeugte. „Was hast du vorzutragen." Fragte er dunkel. Unmerklich bewegte er sich und stieß immer wieder kurz in Lunas Loch. Dabei unterhielt er sich betont gelangweilt mit dem Minister. Luna biss sich in den Handballen und versuchte, ihr Stöhnen zu unterdrücken. Immer wieder wurde ihr Körper durchgeschüttelt. Sie durfte nicht zum Höhepunkt kommen, dachte sie. Hamads Schwanz in ihr schwoll immer mehr an und drohte, jede Sekunde zu explodieren. Nach einer endlos langen halben Stunde ging der Minister endlich. Kaum schloss sich die große Tür, da warf Hamad den Umhang beiseite und hob Luna an. Er sah seine gewaltige Erektion und grinste. „Gut gemacht Luna, du lernst mir zu gehorchen". Keuchte er. „Das werde ich nie lernen" stöhnte Luna. Sie hüpfte auf seinem Schwanz auf und ab, rieb sich ihre Perle und schrie als sie die Welle überrollte. Hamad hielt ihr den Mund zu und presste ihren Unterleib auf seinen harten Schwanz. Aufstöhnend spritzte er in ihr ab. Das war der Wahnsinn. So etwas hatte er zuvor noch nie mit keiner seiner Huren gemacht. Seine Frauen gehörten in den Harem. Hinter dicken Mauern. Und dort musste er Luna auch hinbringen. Sie gehörte nicht zu seinem Leben. Sie war, wie sein Pferd, einzig dazu da, ihn reiten zu lassen. Ihr Arsch war sein Sattel, in dem er sich je nach Lust und Laune schwingen konnte. Luna war nur ein Wildpferd, dass er zureiten musste. Nicht mehr.

Hamad zog sich aus ihr zurück und schob die Frau von sich herunter. Er klingelte wieder. „Bringe die Frau in den Harem. Und passe gut auf sie auf." Befahl er seinem Diener hart.

6 Kapitel

Eine Woche später

Er musste sich ablenken. Seine Gedanken konnten sich nicht immer nur um diese grünäugige Hexe drehen, die ihm verzaubert hatte. Es ging Luna gut. Sie war sicher im Harem. Hamad hatte alle Frauen entfernt, die ihr gefährlich werden konnten. Und sie schlief allein in einem Zimmer, das jede Nacht von einer der Frauen bewacht wurde. Er wusste, dass seine jeweilige Favoritin in der Gefahr lebte, von einer der anderen, eifersüchtigen Frauen ermordet zu werden. Eifersucht, Hamad seufzte und zog sich seinen luftigen Kaftan zurecht. Warum waren Frauen eifersüchtig. Er fickte sie doch alle und dass mit Hingabe. Gut, einige waren schon länger in seinem Harem und wurden nicht mehr so häufig von ihm gerufen. Aber sie hatten doch trotzdem ein gutes Leben bei ihm. Und wer von ihm nicht gefickt wurde, wurde auch nicht dick, dachte er grimmig schmunzelnd. Wieder dachte er an seine Söhne und beschloss, sie heute einmal zu besuchen. Wie alt waren die beiden jetzt eigentlich? Das überlegte er, während sein Minister ihm lang und breit die neuen

Grenzprobleme erörterte. Endlich war der Mann fertig.

„Ich kümmere mich darum und werde eine Gruppe Tureks aussenden." Versprach Hamad. Er wusste, seine schwarz gekleideten Teufel verbreiteten überall Furcht und Schrecken. Früher als er noch nicht der König war, war er oft mit den Männern geritten. Es hatte Spaß gemacht, unter freiem Himmel zu schlafen, sich Frauen ins Zelt kommen zu lassen und mit den Männern zu feiern. Oft artete es in einer Orgie aus, mit wild durcheinander fickenden Paaren. Doch die Zeit war seit dem Tod seines Vaters vorbei. Hamad hatte den Thron bestiegen und verließ seitdem kaum noch den Palast. Zu groß war die Gefahr eines Attentats. Viele Männer neideten ihm sein gutes, prävalentes Leben und wollten auf den Thron. Auch wenn die Männer sich seine Freunde nannten, so traute Hamad keinen von ihnen.

„Ihr habt euren Harem halbiert, Hoheit. Das erzählt man sich in der Hauptstadt." Sagte einer der jüngeren Männer, die hier mit am Tisch saßen. Hamad sah den neugierigen Blick des Mannes und lächelte, das erste Mal heute. „Das stimmt, ich habe aufgeräumt, wenn ich so sagen darf. Ich habe mich von allen Frauen getrennt, die ich lange nicht mehr benutzt habe oder die mir nichts mehr gaben. Noch sind die Frauen jung und schön. Noch fickt man sie gerne. Es wäre also eine Verschwendung von Löchern, sie weiter zu behalten. Sie wurden in meinem Harem nur faul und fett." Scherzte Hamad. Er wusste, seine Männer hier standen auf dieses obszöne Gerede. Es wurde verhalten gelacht. „Ich frage mich, ob sie die kleine Asiatin auch verschenkt haben, Hoheit. Ich erinnere mich gut, wie sie sie damals auf dem Basar kauften." Sagte der junge Mann weiter und wurde etwas rot. Hamad erinnerte sich, dass der Mann sich damals auf dem Basar ebenfalls für Leila interessiert hatte. Sie beide hatten auf die kleine Frau geboten und Hamad hatte gewonnen. Er war der König und verlor nie. Leila landete in seinem Harem und wurde gut eingeritten. Hamad erinnerte sich an die kleine Fotze, die ihm neulich geschickt abgemolken hatte.

Doch heute war Hamad gut gelaunt. Er beugte sich zu dem Mann und winkte ihn zu sich. „Kommt nachher in meine Privaträume. Ich werde euch Leila überlassen. Aber ihr müsst euch gedulden, denn ich werde sie darauf „Vorbereiten" müssen. Die Betonung lag auf dem Wort Reiten. Hamad sah das erfreute Grinsen im Gesicht des jungen Mannes. Doch, der Mann, der wegen seiner Intelligenz in seinem Kreis saß, hatte ein Geschenk verdient, dachte er. Hamad würde Leila noch einmal aufsitzen lassen, sie ihn abmelken lassen. Danach konnte der Mann die Sklavin mitnehmen. Auch wenn Hamad diese Melkstunden vermissen würde. Er dachte wieder an Luna. Die Frau musste das auch unbedingt lernen, dachte er schwer und wurde wieder hart.

Jede Nacht hatte sie bislang neben ihn geruht. Selbst als sie ihre unreinen Tage hatte, musste sie neben ihm liegen. Er hatte ihren Mund und ihren Arsch benutzt. Auch wenn er sie zuerst zwingen musste, seinen Schwanz zu lutschen, so stellte sie sich bald als Naturtalent dabei heraus.

Mit einer Drohung der Peitsche, schluckte sie alles, was er ihr in den Rachen spritzte.

Seit vorgestern Mittag hatte er die kleine Frau nicht wiedergesehen. Absichtlich hatte er sich ferngehalten und war letzte Nacht ohne Frauenkörper neben sich eingeschlafen. Er durfte seinen Gefühlen, die er für diese Frau entwickelte, nicht nachgeben. Sie war nur eine Sklavin, dachte er wieder. Drei Löcher, die ihm gehörten. Das musste er sich immer wieder einreden.

„Hoheit, ein Kaufmann kam von einer Reise zurück und berichtete, dass eine riesige Flotte fremdaussehender Schiffe Kurs auf unsere Küste nehmen. Er konnte gerade noch den Hafen erreichen." Berichtete jetzt ein anderer Minister ernst. „In jedem Küstenstaat fragen sie nach einer Sklavenladung Frauen. Helle Haare und grüne, blaue oder graue Augen. Besonders nach einer Frau wird sich erkundigt."

Hamad war schlagartig wach. Er setzte sich auf. Der Nordwind, Luna hatte nicht übertrieben, dachte er schwer schluckend. Ihr Vater kam, um sie zu holen. Er würde sie ihm wegnehmen. „Das können nur die Wikinger sein. Benachrichtigt alle Tureks Horden und zieht sie in der Hauptstadt zusammen. Und ruft die Verteidigungsgruppen auf. Wir müssen uns wappnen." Sagte Hamad und erhob sich. Die Sitzung war beendet. Er musste jetzt Luna sehen, dachte er grimmig. Er brauchte ihren süßen Mund und ihre feuchte Fotze. Ihre unreinen Tage mussten doch jetzt zu Ende sein.

Luna nutzte ihre Gelegenheit. Sie war Luna, Tochter des Nordwinds, Kind des Mondes. Auch wenn sie sich langsam an das Leben im Harem gewöhnte und nun wusste, dass sie es wesentlich schlechter hätte treffen können. Sie musste ihren Körper Hamad geben. Wann immer er wollte. Ob sie Lust hatte oder nicht. Doch der Mann tat ihr nicht mehr weh. Gut, die Entjungferung und die ersten Stöße in ihren Hintern waren schmerzhaft gewesen. Keine Frage. Doch, die Gefühle, die er dabei in ihr auslöste, machten süchtig. Danach sehnte sie sich. Sie freute sich insgeheim immer, wenn er sie persönlich im Harem abholte. Sich der Blicke der anderen Frauen gewiss, folgte sie Hamad dann durch den Palast. Mittlerweile hatte er es unterlassen, sie dabei zu fesseln. Das war Lunas Plan. Sie wiegte den König und seine Gefolgsleute in falsche Sicherheit. Sie alle glaubten, Luna hätte sich nach den zwei Wochen ständigen Fickens und geschändet werden, ihrem Schicksal ergeben. Und das war nun ihre Chance. So hatte sie es gewollt. Man wurde nachlässig mit ihr.

Eine der alten Frauen, die sie während eines Bades bewachen sollte, war eingeschlafen. Die Frau hatte Wäsche geflickt und dabei ermüdet. Luna war sich selbst überlassen. Das erste Mal seit ihrer Verschleppung. Hastig raffte sie sich einige Kleidungsstücke zusammen und rannte in der Vorhof des Palastes. Sie lächelte als sie erkannte, dass sie eine Männerhose erwischt hatte. Zufrieden stopfte Luna ihre Haare unter eine Mütze und zerrte sich die Hose über. Sie stopfte das lange Hemd hinein und kletterte behände an der Mauer hoch. Sie war eine

Tochter des Nordens. Dort lernten sie alle zu klettern. Klettern wie die Bergziegen, die in ihrem rauen Klima oft hochsteigen mussten, um Futter zu finden. Befreit lachend, erklomm Luna die hohe Mauer und ließ sich an der anderen Seite herunter. Jetzt dankte sie ihren Vater, der sie immer überall mit hingenommen hatte. Der sie zwang, fremde Sprachen von seinen Sklavinnen zu lernen. Das würde ihr jetzt helfen. In ihrer Verkleidung wirkte Luna wie ein halbwüchsiger Junge. Sie machte sich auf den Weg in die dicht besiedelte Stadt.

„Was soll das heißen, Luna sei unauffindbar!" schrie Hamad und warf unbeherrscht Gegenstände durch den Haremsraum. Er war gekommen, um die Frau zu sehen. Er musste sie fragen, was er wegen ihrem Vater unternehmen konnte. Und er wollte sie ficken. Richtig heftig. Sein Schwanz zuckte schon voller Vorfreude. Und dann musste er hören, dass der jungen Frau die Flucht gelungen war.

„Sie muss über die Mauer entkommen sein, Hoheit. Keine Ahnung, wie sie die Höhe geschafft hat. Aber das ist die einzige Erklärung." Sagte eine der alten Frauen. Sie zuckte unter der Hand des Königs zusammen und wich der schweren Vase aus, die jetzt durch den Raum flog. Es war das erste Mal, dass eine Fickstute geflüchtet war.

„Sattelt mir mein Pferd. Ich werde sie suchen. Die Frau hat doch keine Ahnung, was sie da draußen erwartet. Sie ist dort draußen in Gefahr!" Schrie Hamad wütend wie nie in seinem Leben. Er würde Luna auspeitschen, wenn er sie fand, lebend fand. Denn das war nicht sicher. Vielleicht wurde sie vergewaltigt und umgebracht. Daran wollte er nicht denken. Er drehte sich ab und rannte aus dem Harem. Ohne seine anderen Frauen zu beachten. „Der König macht sich selbst auf die Suche nach ihr. Was macht die grünäugige Hexe mit unserem Herrn und Stecher" fragte Cora leise.

„Das muss euch nicht interessieren. Ihre Flucht ist ihr Todesurteil." Sagte einer der alten Frauen.

Luna ging erschöpft durch die Stadt. Der Durst quälte sie und ihr war unerträglich warm. Die Männerkleidung heizte ihren Körper auf. Doch sie ging entschlossen weiter. Sie musste den Hafen erreichen und versuchen, sich auf einem der auslaufenden Schiffe zu verstecken. Hauptsache weg.

Mehrere schwarz gekleidete Reiter kamen auf sie zu. Tureks, so flüsterten die Menschen und drängten sich an die Wand, um den Männern Platz zu machen. Luna wollte es ihnen gleichtun, doch sie stolperte und fiel in den Sand. Sie rollte sich aus dem Weg. Die Tureks waren fast vorbei als einer der Männer stoppte und sein Pferd wendete. Er sprang ab und grinste breit als er Luna hochzog. „Sieh an, die Hure des Königs. Dann stimmen die Gerüchte, dass dir die Flucht gelang, also doch." Sagte der breite Mann dreckig lachend. Er riss die Mütze von Lunas Kopf und griff erregte in ihre Hellen Haare. Luna schwieg und starrte den Mann wütend an. Es war der Großwesir. Der Mann, der diese Rosalie mitgenommen hatte. Luna erinnerte sich. „Na, da wird mir der König ja sehr dankbar sein, dass ich dich wieder eingefangen habe." Sagte der Mann lachend. Er zerrte Luna zu seinem Pferd und befahl seinen Männern, zu seinem Anwesen zu reiten. Er fesselte Luna, nicht das ihm der wertvolle Vogel noch davonflog.

„Reite zum König und berichte ihm, dass ich seine Favoritin gefunden habe. Er kann sie hier abholen. Wenn er sie denn wiederhaben will" befahl der Großwesir und zerrte Luna zu einem Käfig, der mitten in der Halle stand. Immer noch schwieg Luna. Frustriert, dass ihre Flucht so schnell endete.

Eine Tür öffnete sich und Rosalie schwebte in die Halle. Die Frau lachte überschäumend als sie Luna im Käfig entdeckte. „Du hast die entflohene Hure gefangen, Herr. Wie gut. Das wird den König beeindrucken. Das passt gut in unserem Plan. Du kannst den Mann ermorden und ich bekomme meine Rache. Hamad wird dir nach diesem Fang vertrauen. Und du kannst ihn hinterrücks erstechen. Dann gehört dir der Thron. Ich werde dann an deiner Seite sitzen. Das hast du mir versprochen. Dafür habe ich deine fette Ehefrau beseitigt." Sagte Rosalie. Sie kniete sich zum Sessel und hob den Kaftan des breiten Mannes an. Ohne sich um Luna zu kümmern, lutschte sie das schrumpelige Glied des Mannes. Er lehnte sich zurück und genoss die Behandlung der Frau. „Ja, da hast du recht. Ich wäre ein wesentlich besserer König als Hamad. Verschenkt der Mann doch dumm wie er ist, zwölf Frauen." Keuchte er heiser. Sein Schwanz wuchs jetzt auf eine beachtliche Größe an. Das musste Luna zugeben. Sie lauschte jedem Wort. Wissend, dass die beiden nicht wussten, dass sie sie verstand. Der Mann erhob sich und drückte Rosalie in den Sessel. Ihr Hintern prangte vor ihm. Er warf ihr Kleid hoch und suchte ihr Loch. Ohne weiteres Vorspiel, fickte er drauflos. Luna musste zusehen, wie der Großwesir seinen Schwanz immer wieder tief in Rosalies Loch stieß. Ihr Käfig war so eng, dass sie sich nicht abwenden konnte. Sie schloss die Augen und hörte beide Menschen laut stöhnen und keuchen.

Die beiden waren noch mitten in dem Geschlechtsakt als die Tür aufgerissen wurde und ein sehr wütender Hamad die Halle betrat. Erschrocken schrie der breite Großwesir auf und spritzte seinen Saft in Rosalies Loch. Hamad ignorierte das Geschehen und ging mit schnellen Schritten zu Luna. Er schlug unglaublich zornig gegen die Gitterstäbe. „Warum, warum bist du geflüchtet" schrie er Luna an. Luna schwieg.

„Beruhigt euch, Hoheit. Ich habe sie doch gefunden, bevor man sie erkannte und schänden konnte. Ihr habt sie jetzt wieder und könnt mit ihr machen, was ihr für richtig haltet. Auf Flucht steht der Tod, oder?" sagte der Großwesir geflissentlich.   Er hatte fertig gespritzt und Rosalie weggeschickt. Doch die Frau zögerte, den Raum zu verlassen. Zu neugierig, was nun passieren würde.

„Ich werde vielleicht sterben. Doch das war mir die Flucht wert. Und ich sterbe in der Gewissheit, dass du mir bald folgen wirst, Hamad. Denn während meiner Gefangenschaft hier, konnte ich hören, wieder fette Großwesir deinen Tod plante. Er will deinen Thron. Und Rosalie will Rache. Rache, weil du sie verstoßen hast." Sagte Luna jetzt klar und deutlich. Der Großwesir schrie erschrocken auf. Denn damit hatte er nicht gerechnet. Dass ihm die fremdländische Frau verstanden hatte. „Sie lügt, wie alle Huren lügen." Schrie er aufgebracht.

Hamad wandte sich zu ihm um und machte seinen Tureks Zeichen. „Luna lügt mich nicht an. Sie sagte immer, dass sie flüchten würde. Sie ist Luna, die Tochter des Nordwinds und Kind des Mondes. Und sie ist keine Hure, sie ist meine Favoritin." Schnauzte Hamad den dicken Großwesir an.

---

7 Kapitel

Es war der letzte Fick des Großwesirs gewesen. Hamad hatte den Mann und Rosalie hinrichten lassen. Jetzt hingen ihre leblosen Körper als Warnung für alle anderen Menschen, vor den Toren der Stadt. Niemand betrog den König.

Hamad hatte Luna gezwungen, der Hinrichtung beizuwohnen. Sie sollte sehen, was ihr geschah, würde sie erneut versuchen, zu flüchten. In Ketten hatte sie neben Hamads Stuhl stehen müssen und zusehen, wie man Rosalie enthauptete.

Jetzt saß Luna in Ketten an der Wand gefesselt in seinem Zimmer. Nackt und nur auf einem dünnen Kissen. Hamad sah auf die Frau herab. „Ich müsste dich auch hinrichten lassen! Auf Flucht steht der Tod. Doch mir wurde berichtet, dass dein Vater auf dem Weg hierher ist. Da ist es besser, wenn du noch lebst. Doch du wirst bestraft, Luna. Du wirst in diesem Zimmer leben. Wie mein Hund an der Kette. Und du musst zusehen, wie ich meine anderen Frauen benutze und reite. Jeden Fick wirst du miterleben. Wehe du wagst es, dabei einzuschlafen." Befahl Hamad. Er zerrte sich seinen Kaftan vom Körper und stand nackt vor Luna. „Mund auf" befahl er heiser. Er griff zur Peitsche als sie nicht gleich gehorchte. Luna kniete sich hin und öffnete den Mund. Zufrieden schob Hamad seinen harten

Schwanz tief in sie. Bis zum Rachen. Luna keuchte nach Luft. Hamad hielt ihren Kopf fest und fickte sie genussvoll in den Mund. Immer wieder schob er sich tief in die warme Öffnung. „Du hättest nicht flüchten dürfen, Luna. Du hattest doch alles." Keuchte er dunkel. Er zog ihren Kopf am den Haaren fest auf seinen Schwanz und spritzte ihre seine Ladung tief in den Rachen. „Schlucken, alles schlucken. Wehe du spuckst es aus." Stöhnte Hamad drohend. Er zog sich aus ihrem Mund und ließ Luna allein. Er wusch sich kurz seinen Schwanz und ging. Luna blieb allein.

Hamad lag auf seinem Bett und sah kurz zu Luna. Die junge Frau lag auf ihrem Kissen und erwiderte seinen Blick. Beide schwiegen sie. Es klopfte und eine kleine, asiatische Frau betrat den Raum. Die kleine Frau warf ihren Umhang auf den Boden und kroch zu Hamad aufs Bett. „Ihr habt nach mir verlangt, Herr?" fragte die Frau leise, gehorsam. Ihr Blick streifte kurz Luna.

Hamad wies auf seinen harten, hochaufgerichteten Schwanz und nickte. „Ja, das habe ich Leila. Ich will, dass du mich reitest und abmelkst. So wie du es so wunderbar kannst." Sagte Hamad streng. „Wie ihr wünscht, Herr. Soll ich euch erst lecken? Oder soll der Ritt gleich losgehen? Ich habe mich gut eingeölt. Mit welchem Loch darf ich euch erfreuen?" fragte die Frau freundlich.

„Lecke mich etwas und drehe deine Löcher zu mir. Ich will damit spielen." Befahl Hamad, Er war sich Lunas Blicken gewiss. Doch das hier war Teil ihrer Strafe. Gehorsam hockte sich die Frau über Hamdas Brustkorb und nahm seinen Schwanz tief in den Mund. Hamad lachte zufrieden und schob seine Finger abwechselnd in die beiden Löcher der Frau. Er weitete das Arschloch, indem er drei Finger in den engen Eingang schob. Ich will, dass du mich mit dem Arsch reitest, Leila. Zeige der ungehorsamen Sklavin dort hinten, wie du das machst. Wie du dich in dem Loch aufspießt. Sie muss das lernen. Denn du wirst mich morgen verlassen. Du bekommst einen neuen Herrn, Leila." Erklärte Hamad streng. „Ja, Herr. Ich habe davon erfahren. Ich freue mich, denn ich habe gehört, mein neuer Besitzer ist jung nett und ebenso potent wie ihr." Lispelte die kleine Frau. Hamad schlug ihr stöhnend auf den Po. Leila verstand und drehte sich herum. Sie zog ihre Pobacken auseinander und senkte sich auf das harte Rohr unter ihr. Hamad half ihr, indem er ihren Hintern festhielt und gegen den engen Eingang drückte. Leila schrie kurz auf als die dicke Eichel ihre Rosette sprengte und im Darm verschwand. Das Öl ließ ihn gut reingleiten. „Bleib so" befahl Hamad keuchend. „Komm her, Luna" schnauzte er die Frau auf dem Kissen an. Luna erhob sich als er mit der Peitsche drohte. Ihre Ketten klirrten auf dem Boden, bis sie vor dem Bett stehen blieb. „Sieh zu, wie mein Schwanz in ihrem Arsch stößt. Ich will, dass du dir das ansiehst." Knurrte Hamad. Er griff Lunas Arm als sie sich abwenden wollte. „Mach weiter Leila" befahl er hart. Die Asiatin ließ sich auf Hamad nieder. Sein Schwanz rutschte tief in ihren Darm. Sie bewegte ihren Unterleib und ritt den König auf der ganzen Länge. Immer fast raus du tief wieder rein. Sie wusste, dass liebte der König.

„So reitet man mich perfekt, Luna. Leila musste es auch lernen. Ich erinnere mich gut, wie sie das erste Mal geschrien hat. Als ich sie dort das erste Mal stieß. Ich kam nur wenige Zentimeter in ihren Arsch. Sie wäre fast gerissen. Doch jetzt ist sie perfekt eingeritten und gehorcht willig." Sagte Hamad und stöhnte laut als Leila das Tempo erhöhte. Sie stützte ihre Arme auf Hamads Beinen ab und schob ihren Arsch schnell vor und zurück. Hamad ließ Luna los, griff Leilas kleine Brüste und knetete sie. „Ja, los reite mich, Stute. Reite mich schneller, melke meine Milch ab." Keuchte Hamad. Leila nickte und presste ihre Rosette zusammen. Aufschreiend spritzte Hamad in ihrem Arsch ab.

Luna wandte sich ab. Hamad sollte nicht merken, wie ihre Fotze nach dem Erlebten zuckte und sich nach seinem Schwanz sehnte. Das, was er ihr soeben angetan hatte, hatte sie zutiefst verletzt. Sie wusste natürlich, dass der Mann die anderen Frauen auch benutzte und fickte, aber dabei zuzusehen, tat weh. Hamad bestrafte sie hart. Dafür verachtete sie ihn.

„Danke, du kannst gehen, Leila. Der andere Mann wird dich morgen holen. Sei gehorsam und zeige ihm alles, was ich dich lehrte." Befahl Hamad streng. Leila kniete sich auf den Boden und küsste seinen abgeschwollenen Schwanz. Dann ging sie. Er sah Leila nach und erhob sich dann. Nachdem er sich gewaschen hatte, kam Hamad zu Luna. Er zerrte sie hoch. „Das eben war eine Strafe, Luna. Weitere werden folgen. Du darfst heute am Fußende meines Bettes schlafen." Sagte er müde.

„Nein danke, Hamad! Ich werde auf dem Kissen schlafen und auf meinen Vater warten. Er ist bald hier. Dann wird euer wertloser Körper aufgespießt werden." Sagte Luna bitter. Sie rollte sich auf dem Kissen zusammen. „Wie du willst, Luna. Es ist deine Entscheidung. Aber es wird sehr kalt werden." Sagte Hamad und stieg in sein warmes Bett. Er hörte zu wie Luna leise weinend einschlief.

Er war wirklich ein Schwein, dachte Hamad finster. Er hatte Luna sehr wehgetan. Was wollte er mit so vielen Frauen in seinem Harem. Er sah wieder zu der zitternden Luna und erhob sich. Lächelnd trug er sie in sein Bett und zog die Decke über ihren bebenden Körper.

Es reichte doch, wenn er eine Frau an seiner Seite hatte. Warum sollten sich die anderen im Harem langweilen. Das war doch Tradition, dachte er und erinnerte sich, dass sein Vater und sein Großvater weit über hundert Frauen ihr Eigentum nannten. Viele von ihnen wurden nur einmal benutzt und danach im Harem weggeschlossen. Haben und Besitz zählte, dachte er verstimmt. Er hatte sich reduziert und das war gut so. Vielleicht würde er die anderen auch wegschicken. Alle außer Luna. Er war glücklich, die Frau wieder in seinem Bett zu haben. Was passierte mit ihm, dachte er. Seit er Luna traf, veränderte er sich.

8 Kapitel

Luna erwachte als sich zwei Hände auf ihre Brüste legten. Erschrocken schrie sie auf und wollte abrücken. Doch hinter ihr lag Hamad und presste ihren Körper an sich. Seine Hand strich über ihren flachen Bauch und weiter zu ihrer Scham. „Du musst dringend rasiert werden, Luna. Deine Haare wachsen wieder." Flüsterte Hamad heiser. Er drückte ihre Beine auseinander und schob sein Knie dazwischen. So gelangte er unbehindert an ihre kleine Perle. Er rieb sie und massierte ihre Schamlippen. Luna stöhnte und hörte auf, sich zu wehren. Sie spürte seine harte Morgenlatte, die gegen ihren Po drückte. Hamad schob zwei Finger in ihr Loch und prüfte ihre Nässe. Dann hielt er sie fest, suchte und versenkte sich tief in ihre Fotze. Lustvoll stöhnte Luna auf. Endlich hörte ihr Unterleib auf zu kribbeln. Sie war wieder gefüllt und aufgespießt. „Ich werde dich jetzt richtig gut ficken, kleine Luna. Und das werde ich den ganzen Tag tun. Denn deine Köcher werden die einzigen sein, die ich die nächste Zeit benutzen werde. Ich werde meinen Harem auflösen. Es liegt an dir, ob ich ihn wieder füllen werde." Keuchte Hamad grimmig. Er stieß hart in das enge Loch. Luna schrie auf und spreizte ihre Beine. Zufrieden begann Hamad sie zu ficken. Sein herrlich dicker Schwanz weitete und dehnte ihr Loch. Er ritt sie hart. Luna rutschte bei jedem Stoß über das Bett.

Hamad drehte sie auf alle viere. Dann stieß er sie wie ein Hund, wild rammelnd, in ihr zuckendes Loch. Sein Unterleib hämmerte gegen ihren Arsch. Er spürte, wie Luna sich verkrampfte und schreiend zum Höhepunkt kam. Er hielt ihren Unterleib und stieß weiter in die bockende und schreiende Frau. Er stoppte kurz, strich etwas Nässe auf ihr Poloch und setzte an. Luna schrie wieder als er seinen steinharten Schwanz in ihren Arsch bohrte. Die gesamte Länge. Er hielt Luna fest und spritzte dort ab. Seine übervolle Ladung quoll in den engen Darm der Frau. Erschöpft ließ er Luna los und sein Schwanz flutschte aus ihr heraus.

„Du wirst ab sofort meine einzige Sklavin sein, Luna. Du musst dich daran gewöhnen, von mir in allen Stellungen gefickt zu werden." Sagte Hamad entschlossen. Er erhob sich und ging sich waschen. Luna würde angekettet in seinem Zimmer bleiben. Hier konnte sie nicht fliehen und er konnte sie immer besuchen, wenn er ficken wollte. Seine persönliche Fickstute, immer griff und Stoß bereit. „Schlaf noch etwas, ich komme bald zu Runde Zwei." Befahl er grinsend.

Hamad sah auf den hellblonden Frauenkopf in seinen Armen und lächelte. Er hatte seinen Harem aufgelöst. Alle Frauen waren jetzt frei und auf dem Weg in ihre Heimat oder hatten neue Besitzer. Was brachten ihm die anderen Frauen dort, wenn er sich doch nur nach den drei Löchern dieser Frau in seinen Armen sehnte. Das hatte er heute wieder gemerkt. Luna hatte neben ihn gekniet, während er eine Frau nach der anderen aus seinen „Diensten" entließ. Und er trauerte keiner von ihnen nach. Von einigen wusste er nicht einmal mehr den Namen, dachte er schmunzelnd.

Luna hatte ihn heute Abend wieder voll befriedigt. An ihren Ketten an die Wand gefesselt, hatte er sie hart rangenommen. Er hatte sie geleckt, gereizt, bis sie kurz vor ihrem erlösenden Höhepunkt war. Immer wieder hatte er sie dann hängen und sie zusehen lassen, wie er sich selbst befriedigte. Dann hatte er sie erneut gereizt und gequält. Er hatte ihre tropfnasse Fotze ausgeleckt und seine Zunge in ihr heißes Loch gebohrt. Immer wieder, bis Luna ihn anbettelte, gefickt zu werden. Die Frau hatte ihn angebettelt, dachte Hamad grinsend. Ihr Widerstand bröckelte, überlegte er zufrieden. Er hatte seinen Schwanz tief in die glühende Fotze der Frau gestoßen und gelacht als sie erleichtert aufstöhnte. Sie war so nass und heiß, so willig von ihm genommen zu werden. Jeden seiner harten Stöße hatte sie gierig erwidert. Ihr Becken hatte sich perfekt seinen Rhythmus angepasst. Sie beide hatten laut schreiend gefickt und brüllend ihren Orgasmus genossen.

Luna lernte schnell, dachte er lächelnd. In wenigen Wochen konnte sie ihm alle anderen Frauen ersetzen. Dann konnte sie ihn lecken wie Jasmin und reiten wie Pipa oder Leila. Luna hatte gelernt, sich nach seinem Schwanz zu verzerren, dachte er leise lachend. Zufrieden, die Frau an sich ziehend, schlief Hamad ein.

Luna saß, angekettet, neben Hamads Thron. Man hatte einen kleinen Stuhl für sie besorgt. Die ersten Tage hatte Hamad die Frau immer stehen lassen. Doch gestern war sie erschöpft zusammengebrochen. Kein Wunder, er hatte sie die ganze Nacht durchgefickt und hart rangenommen. Hamad konnte nicht genug von der Frau bekommen.

Jetzt saß sie neben ihm. Angekettet, damit sie nicht erneut floh. Hamad traute ihr das durchaus zu. Sie wusste ja, ihr Vater war auf dem Weg zu ihr. Gedankenverloren strich er Luna über das schwere helle Haar. Unwirsch drehte sie den Kopf weg. Sie war wütend, denn letzte Nacht hatte Hamad ihre wundervollen Haare um seinen harten Schwanz gewickelt und sich selbst befriedigt. Luna hatte wieder ihre unreinen Tage und Hamad wollte trotzdem nicht auf sie verzichten. Er hatte aufstöhnend in ihrer Haarpracht abgespritzt und alles verklebt. Es hatte Stunden gedauert, alles raus zu waschen.

„Über fünfzig fremdartige Schiffe liegen vor unserer Küste, Hoheit. Sie versperren den Hafen und plündern die kleinen Dörfer an der Küste." Meldete sich jetzt einer der Männer im Thronsaal zu Wort. Er hob den Kopf als Luna leise kicherte. „Das ist mein Vater. Er wird euer Land umpflügen. Bis er hat, was er will. Seine Tochter, mich." Sagte Luna zufrieden.

„Die fremden Krieger kämpfen mit Äxten und Beilen. Sie alle sind riesig groß. Unsere Pfeile sind machtlos, wie es scheint. Die Pfeile prallen einfach von den Männern ab." Berichtete ein anderer Mann. Wieder lachte Luna. „Kettenhemden. Odin, unser Gott, gab uns das Geheimnis des Eisens. Und die Weisheit es zu verarbeiten. Eure Pfeile werden nichts ausrichten." Sagte sie leise kichernd.

Hamad griff Lunas Kopf und stoppte so ihre Freude. „Dann sage uns, wie wir den Überfall stoppen können. Du kennst doch dein Volk." Befahl er hart. Luna grinste nur. „Ich werde doch mein Volk nicht verraten. Fünfzig Schiffe, nur um mich zu finden." Sagte sie zufrieden. „Und wisst ihr warum König? Weil Vaters Nachfolgerin bin.

Ich bin seine älteste Tochter. Zukünftige Königin der Wikinger." Erklärte sie leicht arrogant.

Hamad nickte jetzt und drehte sich zu seinen Ministern. „Schickt dem Anführer der Wikinger eine Nachricht. Lasst ihn ausrichten, dass er in meinem Palast willkommen ist. Das er hier finden wird, was er sucht. Lebend und wohlbehalten." Befahl er streng. „Wohlbehalten? Ich wurde vergewaltigt und geschändet. Das nennt ihr wohlbehalten?" fragte Luna wütend. Hamad lachte. „Und doch bettelst du mich Nacht für Nacht an, dich zu stoßen. In alle deine Löcher" sagte Hamad leise zurück. Er sah zufrieden, wie Luna rot wurde. „Vater wird dafür deinen Kopf fordern." Sagte sie drohend. „Abwarten." Sagte Hamad grinsend.

Luna ließ sich erschöpft in das große Bett fallen. Sie hatte Hamad geritten. So, wie sie es bei der kleinen Asiatin gesehen hatte. Es hatte etwas geschmerzt als sich der dicke Schwanz in ihren Po bohrte. Ihre Rosette gab nur widerwillig nach. Doch dann rutschte das harte Rohr in ihren gut geölten Hintern. Luna hatte jeden Stoß genossen. Hamads Hand an ihrer Fotze, seine Finger in ihrem Loch und an ihrer Perle, hatten sie voller Lust an den Rand einer Ohnmacht gebracht. Wie rasend war sie auf seinem Rohr herumgehüpft und hatte ihn schreiend gemolken. Jetzt lag sie erschöpft neben dem keuchenden Hamad. „Das war echt geil. Kleine Sklavin. Du lernst schnell." Sagte er leise. Luna nickte und küsste die behaarte Brust neben ihr. „Ja ich lerne schnell. Damit ich meinen zukünftigen Ehemann erfreuen kann. Vater wird dich umbringen und mir einen neuen Mann suchen. Einen großen Mann mit einem mächtigen Schwanz. Für den müssen meine Löcher gut geweitet werden." Sagte Luna kichernd. „Halte deinen Mund!" schnauzte Hamad sie an. Er wollte nicht an die Bedrohung denken, die vor seinen Küsten lauerte.

9 Kapitel

Es klopfte an der Tür. Das beendete das Streitgespräch zwischen Hamad und Luna. Verwundert hob Hamad seinen Kopf. Jeder wusste, dass man ihm hier nicht stören durfte.

„Hoheit, ein wild aussehender Riese steht mit seinem Gefolge in unserer Halle. Er nennt sich Nordwind und verlangt, euch zu sprechen." Rief einer der Diener laut durch die Tür. „Vater ist hier" rief Luna erfreut und sprang aus dem Bett. Doch sofort hielt Hamad sie fest.

„Wir werden mit deinem Vater reden. Ich werde sprechen, du nur, wenn ich es erlaube. Hast du verstanden?" knurrte er drohend. „Hältst du dich nicht daran, werde ich deinen Vater vor deinen Augen umbringen lassen." Drohte er halbherzig.

Luna nickte. Ihr Vater war hier, Jetzt würde alles gut werden.

Hamad betrat den Saal und sah den wirklich großen Mann in einem Sessel sitzen. Drei weitere Krieger standen schützend neben ihm. Es sah etwas komisch aus. Luna folgte Hamad, gehorsam und schweigend. Ihr Vater erhob sich als er die Kette sah, die Luna an den Handgelenken trug. Er knurrte wütend.

„Verzeiht, dass ich eure Tochter so präsentieren muss. Aber sie versuchte mehrmals zu flüchten. Einmal kletterte sie über eine drei Meter hohe Mauer. Ihr könnt stolz auf eure dumme Tochter sein, Nordwind." Begann Hamad das Gespräch. Er sah ein Grinsen im Gesicht des großen Mannes. „Warum ist Luna dumm." Fragte Nordwind grimmig. Er sah zu seiner Tochter, die wirklich lebte und gut aussah.

„Weil sie flüchten wollte. Da draußen wäre sie ein gefundenes Fressen für die Wölfe. Das versteht sie nicht. Hier drinnen ist sie sicher." Erklärte Hamad grinsend. Er zog Luna an sich und setzte sie auf seinen Schoss. „Ihr meint, weil hier im Palast nur ein Wolf sie frisst? Ihr habt meine Tochter vergewaltigt und geschändet, Hamad." Grollte Nordwind voller Wut.

„Eure Tochter ist die schönste Frau, die mir je begegnet ist, Nordwind. Ich musste sie mir nehmen. Hätte ich es nicht getan, wäre es doch blamabel für euch als Vater, oder? Und als ihr jung wart, hättet ihr anderes gehandelt?" fragte Hamad.   Er strich Luna bewundernd durch das lange Haar. „Ihr raubt und plündert doch auch. Und ihr verschleppt hübsche Frauen, die ihr in euere Bordelle   sperrt. Freiwild für jeden Stammesbruder. Ich habe das Leben Luna erspart. Ja, ich habe sie entjungfert und geritten. Doch ich allein habe das getan. Hätte ich sie nicht gekauft, wäre sie mit ihrem Aussehen die Hure vieler Männer geworden. Ich kann nichts für ihre Verschleppung. Ebenso wenig wie mein Volk." Erklärte Hamad weiter.

Endlich nickte der riesige Mann ihm gegenüber. „Luna ist meine älteste Tochter und meine Nachfolgerin. Ich habe ihr den Thron vermacht. Sie war auf dem Weg, einen meiner Stammesfürsten zu heiraten als man sie verschleppte. Ich werde sie wieder mit mir nehmen. Dafür werde ich meine Männer und meine Schiffe zurückbeordern. Ich kann nachvollziehen, dass ihr eure Lust nicht zügeln konntet. Meine Frau war ebenso schön wie Luna.

Ich entführte sie damals und machte sie auch gewaltsam zu meiner Frau. Jetzt haben wir sechs Töchter. Eine schöner als die andere." Sagte Nordwind sich erinnernd.

„Ihr wollt Luna mit euch nehmen? Ich schickte für sie alle anderen Frauen fort. Ich wollte sie hierbehalten." Widersprach Hamad erschrocken. Er zog Luna fester an sich. Nordwind lachte dröhnend. „Lassen wir doch meine Tochter entscheiden." Sagte er nur. Er sah Luna forschend an. „Ihr lasst eine Frau Entscheidungen treffen?" fragte Hamad überrascht.

„Unsere Frauen haben überall Mitspracherecht. Frauen sind klüger als wir Männer und treffen bessere Entscheidungen. Luna soll einmal ein riesiges Volk regieren. Dafür braucht sie eine eigene Meinung." Sagte der Nordwind dröhnend. Er sah wieder Luna an.

Luna löste sich von Hamad und ging zu ihrem Vater. „Ich komme gerne mit dir zurück, Vater. Das Land hier ist am Tage zu heiß und in der Nacht zu kalt. Ich vermisse den Schnee und die hohen Berge. Ich vermisse meine Schwestern." Sagte sie lächelnd. Sie drehte sich zu Hamad herum. „Wenn du mich schon schön findest, müsstest du die anderen fünf sehen." Sagte sie scherzend. Sie kuschelte sich an den großen Mann, der sie beschützend an sich zog.

„Du willst gehen? Du willst nicht bleiben?" fragte Hamad erschüttert. Mit der Antwort hatte er nicht gerechnet. Er hatte gehofft, sie würde gelernt haben, ihn zu mögen. Sie war doch gierig auf seinen Schwanz, das wusste er. In den letzten Tagen hatte sie nicht genug bekommen können. Luna lachte dunkel. „Warum hätte ich sonst immer versucht, zu flüchten, Hamad. Ich bin verlobt und war auf dem Weg, zu heiraten. Und wie ich dir bereits sagte, mein Verlobter wird sich über alles freuen, dass du mich lehrtest." Sagte Luna breit grinsend. Sie beugte sich zu Hamad herunter. „Ich werde an dich denken, wenn ich den großen Schwanz meines Zweimeter Mannes in meinen Löcher habe" flüsterte sie leise. Nur für Hamad gedacht. Sie sah mit Genugtuung, wie Hamad rot vor Wut wurde.

Hamad spürte heftige Eifersucht. Er würde den ihm unbekannten Mann umbringen, dachte er. Niemand außer ihm, durfte Luna anfassen. Das also war Eifersucht, dachte er bitter schluckend. „Es ist also abgemacht, König. Ich nehme meine Tochter und ziehe meine Schiffe ab. Wir verlasen euer Land in Frieden. Nehmt den Vorschlag an und ich werde euren Übergriff auf Luna vergessen. Sie ist eine sehr schöne Frau und ihr ein Mann mit einer gesunden Geilheit. Ihr habt sie nicht dick gemacht. Alles andere interessiert ihren zukünftigen Mann nicht." Erklärte Nordwind und erhob sich. Er nahm Lunas Hand. Dann gingen Vater und Tochter. Gefolgt von den drei Hünen. Sprachlos sah Hamad der kleinen Frau nach.

Er hatte einen verheerenden Krieg verhindert. Doch dafür sein neu gefundenes Glück geopfert. Luna hatte nichts für ihn empfunden, dachte er bitter schluckend. Sie hatte nicht einmal gezögert, als sie sich entscheiden musste. Keine Sekunde. Und jetzt war sie fort. Eben noch hatte sie sich willig von ihm stoßen und ficken lassen,

Ihn darum anbettelnd, sie zu reiten. Sein immer harter Schwanz hatte so herrlich tief in ihrem Arsch gesteckt. In dem engen Loch, dass er geduldig geweitet und erobert hatte. Jetzt würde bald ein anderer Schwanz dort drinnen stecken.

„Ihr habt euch wie ein richtiger König benommen, Hoheit. Lasst uns auf den Basar gehen und euch neue Sklavinnen aussuchen." Sagte einer der Minister schwer. „Nein kein Bedarf" sagte Hamad und begab sich in sein Schlafzimmer. Dort konnte er noch Lunas Geruch wahrnehmen.

„Der Mann hat mir imponiert, Luna." Sagte Nordwind dunkel. Er griff sein Bier und reichte es seiner Tochter. Gierig trank Luna. Das hatte sie so vermisst. Heimisches Bier. „Der König war mutig und hatte gute Argumente. Ich hätte dich auch vernascht, wenn du nicht meine Tochter wärst." Sagte er lachend. Er sah, wie Luna rot wurde. Das sagte ihm mehr als tausend Worte.

„Ich habe deine Schwester Laren zu deinem Verlobten gesandt. Sie ist jetzt mit dem

Stammeshäuptling verheiratet. Ich musste das Bündnis besiegeln. Die Stämme aus dem Osten werden nur Bedrohung." Sagte Nordwind als Luna schwieg. „Ist gut, Vater. Ich verstehe. Es ist gut so. Ich will im Moment keinen Kerl, der mich doch nur ficken will." Sagte Luna finster. Nordwind nickte zustimmend. Er unterdrückte ein Lachen.

„Deine Mutter war süße achtzehn als ich sie bei einem Treffen aller Stämme traf. Sie war so wunderschön. Ich wurde hart und konnte nur an sie denken. Ich entführte sie und zog mir damit den Zorn aller Stämme auf mich. Noch in der ersten Nacht nahm ich sie mir und dass nicht ohne Gewalt. Deine Mutter musste sich an meine Größe gewöhnen. Sie schrie ‚mörderisch als ich sie öffnete." Erzählte Nordwind lächelnd. „Und jetzt haben wir sechs wunderschöne Töchter." Setzte er hinzu. Er hörte, wie seine Männer das Schiff abfahrtbereit machten. Er hob Lunas Kopf. „Du bist jetzt kein Mädchen mehr. Du bist erfahren. Ich kann es dir jetzt erzählen. Aus meiner Begierde wurde Liebe, Kind. Ich liebe deine Mutter so sehr, dass ich Annita zu uns holte. Ich merkte, dass deine Mutter sich von Frauen angezogen fühlte. Also erlaubte ich, dass sie es mit der Sklavin treiben durfte. War ich Zuhause, habe ich gerne zugesehen oder mitgemacht. Mutter war es egal ob ich ihr Loch oder das von Annita fickte. Unseren Spaß hatten wir alle drei." Erklärte Nordwind heiser.

„Ich habe seine Ficks genossen, Vater. Er hat mich hart rangenommen. Aber mein zukünftiger Ehemann wäre ebenso unnachgiebig gewesen. Das erste Mal tut höllisch weh. Doch danach war es der Wahnsinn. Und Hamad hat für mich seinen Harem aufgelöst. Er wollte nur noch meine Löcher." Sagte Luna und biss sich verlegen auf die Lippen. „Nun, das sagt doch schon alles." Erklärte Nordwind grinsend. Er trank nachdenklich sein Bier. „Glaubst du, Laren wäre eine gute Königin?" fragte er breit grinsend.

---

9 Kapitel

Hamad stand am Hafen und sah den auslaufenden Schiffen nach. Dort draußen, dort verließ ihn Luna. Verdammt, die Frau war ihm in den wenigen Wochen wichtig geworden. Er hatte das richtige getan. Warum fühlte es sich dann so falsch an? Das fragte er sich schwer.

Er würde sich irgendwann einen neuen Harem anschaffen. Aber nicht mehr mit so vielen Frauen. Doch nicht jetzt. Jetzt dachte er ununterbrochen an Luna. An die grünäugige, hellblonde Hexe aus dem Norden. Sein Herz schmerzte als das fremdartige Schiff am Horizont verschwand. Jetzt war Luna fort und er würde sie nie wiedersehen. Betroffen wandte Hamad sich ab. Es war heiß, er würde sich in den Palast zurückziehen.

„Vater sagte, ich solle den Schnee und die Berge vergessen und mich an Hitze und endlosen Sand gewöhnen. Er kann eine gedankenverlorene Königin nicht für sein Reich gebrauchen. Er hat mich hier gelassen, damit ich den König des Landes weiter ärgern kann." Hörte Hamad eine ihn bekannte Frauenstimme. Er schwang herum. Vor ihm stand tatsächlich Luna. Breit grinsend.

„Vater sagte, er verlangt, dass du mich heiratest. Er wird in sechs Monaten wiederkommen und sich davon überzeugen. Er wird dein kleines Land dem Erdboden gleich machen, wenn du nicht nett zu mir bist." Sagte Luna etwas leise, fast zögernd.

„Na, das sind ja mal mächtige Drohungen, Sklavin. Du nimmst den Mund ja ziemlich voll." Sagte Hamad. Er griff nach Luna um sich überzeugen, nicht zu träumen. „Du weißt doch, wie voll ich den Mund nehmen kann, Hamad. Und das waren keine Drohungen, das waren Versprechen. Ich musste mich entscheiden und entschied mich für dich. Ich bin keine Sklavin mehr und werde gehen, wenn du mich enttäuscht." Sagte Luna streng. Sie reckte sich und küsste Hamad auf das stoppelige Kinn.

„Ich werde dich nicht enttäuschen. Ich bin glücklich, dass du hier bist. Willst du fühlen, wie sehr ich mich freue?" fragte Hamad. Er nahm ihre Hand und legte sie auf seinen harten Schwanz. „Lass uns Heimreiten." Stöhnte er dunkel.

Epilog

„Mach deine Beine schön breit, ich bin sehr groß." Befahl Hamad streng. Endlich konnte er wieder Lunas Fotze richtig ficken. Sie war wieder genesen und ihre Fotze hatte aufgehört zu bluten. Lange genug hatte er darauf warten müssen.

Ihr kleiner Sohn schlief zufrieden und gut bewacht in dem Kinderzimmer der kleinen Prinzen. Die letzten Wochen hatte er auf Lunas geilen Körper verzichten müssen. Hochschwanger konnte er sie nur vorsichtig ficken. Das war sehr frustrierend gewesen. Luna hatte ihm angeboten, sich in der Zeit eine andere Sklavin zu suchen. Sie liebte Hamad und wusste, wie potent der Mann war und wie sehr er das Ficken brauchte. Liebe verzichtete, dachte sie und erinnerte sich an die Geschichte ihres Vaters. Doch Hamad hatte ihr Angebot abgelehnt und sich selbst befriedigt, oder sich von Luna lecken lassen. Er wusste, eine andere Frau würde Luna verletzen.

Jetzt endlich konnte er sie wieder hart rannehmen. Er hob ihren Unterleib an und schob sich aufseufzend in ihren gut geölten Eingang. Luna schrie auf. So wie damals als er sie das erste Mal fickte. Hamad erinnerte sich gut, wie er sie dafür fesseln musste. Heute folgte sie ihm willig und lusterfüllt in ihr Schlafzimmer. Er stieß heftig in ihr wieder enges Loch. Kaum zu glauben, dass dort sein Sohn, sein Nachfolger, rausgekommen war. „Fick mich so hart und so schnell du kannst. Ich musste so lange darauf verzichten." Bettelte Luna keuchend. Sie legte ihre Beine um Hamads Hintern und presste ihn an ihr Becken. Damit sie jeden Zentimeter seines Schwanzes in sich spüren konnte. Sie erwiderte seine Stöße. Hamad stieß nicht, er rammelte sie regelrecht. Zu lange hatte darauf warten müssen. Er beugte sich vor und saugte an ihren prallen, Milchgefüllten Brüste. Luna schrie voller Lust laut und gellend. Hamad trank ihre Nahrung, während sein herrlicher Schwanz ihr Loch durchwühlte und sie ganz ausfüllte. Er kam tief in ihr. Luna klammerte sich an seine Oberarme als sie explodierte und auslief. Brüllend spritzte Hamad ab. Seine Ladung überschwemmte die enge Fotze. Erschöpft ließ er sich neben Luna ins Bett fallen. „Das war schön und echt notwendig. Mein Schwanz wäre fast geplatzt." Sagte er außer Atem.

„Ja und wir sind noch nicht fertig. Ich will deinen Schwanz in meinem Hintern spüren. Heute noch. Denn morgen kommen Vater und Mutter. Sie wollen ihr Enkelkind sehen." Befahl Luna schwer atmend.

„Wie die Königin befiehlt." Sagte Hamad grinsend. Er wischte sich die Milchreste vom Mund und vergrub sich in Lunas Fotze. Er liebte es, wenn sie voller Lust schrie.

Master I

Bereits erschienen:

E Book

Lisa Teil 1- 7

Eine Nacht im Palast

Josef Lehrjahre

Ein riskantes Pokerspiel Teil 1-3

Wie erziehe ich mir eine Sklavin Teil 1-3

Der Kaufmann

Das Lebenskarussell

Alle Bücher ab 18 Jahre